D1581469

Les faits,
tout simplement

Brock Cole

Les faits, tout simplement

Traduit de l'américain
par Jean-Robert Masson

Médium
11, rue de Sèvres, Paris 6ᵉ

Du même auteur à *l'école des loisirs*

Dans la collection *Médium*

Céline
Boucs émissaires

Pour Marion

1

Entrez donc ici, m'a dit la femme de la police.

Et je suis entrée. C'était une petite pièce, avec une table et quelques chaises. Rien d'autre. À la place de la fenêtre il y avait une grande glace. Je ne voulais pas la regarder. Je n'avais aucune envie de me voir. Je me suis assise et j'ai croisé les mains. Il y avait encore du sang sous mes ongles, alors au bout d'un moment j'ai glissé mes mains sous la table.

Vous voulez boire quelque chose? m'a demandé la femme. Un Coca, autre chose?

Non, je ne veux rien.

Nous essayons de savoir où est votre mère en ce moment. Nous n'avons qu'à attendre ici, jusqu'à ce qu'elle arrive.

Ah, j'ai dit.

Tout va bien?

Oui, tout va bien.

L'autre policier est entré. Celui aux cheveux blancs, qui a du ventre.

Eh bien, Linda, comment vas-tu?

Ça va.

Il étale des papiers devant lui sur la table, sans trouver celui qu'il cherche.

Il me dit: Quel âge as-tu?

Treize ans.

Treize ans?

Oui, je lui dis.

Linda, nous n'avons pas réussi à joindre ta mère. Elle travaille pour Persic Realty. Exact?

Exact.

Nous l'avons appelée là-bas, et la personne qui nous a répondu au téléphone nous a dit qu'on ne l'avait pas vue de la journée et qu'elle ne répondait pas sur son biper. Nous avons envoyé une voiture à l'adresse de votre appartement, mais elle n'y était pas non plus. Est-ce qu'elle t'a dit où elle aurait pu se rendre aujourd'hui? Est-ce que tu t'en souviens? Est-ce que tu sais où elle est à l'heure actuelle?

Non. Je n'en sais rien. Je croyais qu'elle était chez Persic.

Quand as-tu vu ta mère pour la dernière fois?

Ce matin.

Bien. Est-ce qu'elle t'a dit où elle allait?

Non. Elle dormait quand je suis partie.

J'ai changé la couche de Tyler, je l'ai empoigné et je l'ai fourré dans son lit à elle. Je m'en vais, je lui ai dit. C'est à toi aujourd'hui de déposer Tyler chez la nourrice. Moi, je vais conduire Stoppard à son car. Est-ce que tu comprends ce que je suis en train de te dire?

Le policier a fait signe à la femme d'ouvrir son carnet.

Aurais-tu l'obligeance, il m'a demandé, de raconter à nouveau depuis le début ce qui s'est passé sur la rampe du parking, de me le raconter à moi, Linda?

J'ai déjà tout dit à l'autre policier.

Oui, bien sûr, mais j'aimerais que tu me le racontes, à moi, maintenant.

Je savais qu'il me demanderait ça. Je savais que j'allais être obligée de raconter toute l'histoire. Encore et encore.

Nous nous étions arrêtés sur la rampe du parking et nous parlions, j'ai dit pour commencer.

Tout de suite il m'a interrompue.

Tu veux dire : toi et monsieur Green?

Oui.

De quoi parliez-vous avec monsieur Green?

Je ne me rappelle pas. Ça avait un rapport avec ce qu'on pouvait apercevoir depuis la rampe. C'est tout. Il disait qu'il n'arrivait pas à savoir si le monde serait très différent de ce qu'il est si la Terre était plate au lieu d'être ronde. Il disait que quelqu'un qui s'éloignerait de nous dans le parking aurait vite fait de disparaître. À cause de la courbe. On cesserait de voir ses pieds, ses jambes, et puis sa tête. Si la Terre était plate, et qu'on n'ait aucun obstacle devant les yeux, la personne disparaîtrait autrement : elle deviendrait de plus en plus petite.

Qu'est-ce qui s'est passé ensuite?

Frank a surgi et lui a tiré dessus.

Frank, c'est monsieur Perry?

Oui, Frank Perry.

Tu connaissais monsieur Perry?

Oui. Nous avons vécu avec lui un certain temps.

Nous? Tu veux dire ta mère et toi?

Oui. Et aussi les garçons.

Il était l'ami de ta mère?

Oui.

Je vois.

Le policier s'est tu et il a écrit sur un bout de papier ce que je venais de lui dire.

Est-ce qu'il était à pied ou en voiture?

À pied. Il avait peut-être sa voiture, mais je ne l'ai pas remarquée.

D'accord. Est-ce que tu savais qu'il était là, sur la rampe du parking?

Non. Je n'en savais rien. Je ne l'avais même pas vu jusqu'au moment où il a surgi, où il a pointé le revolver sur Jack, où il lui a tiré dessus.

Jack, c'est monsieur Green? Tu l'appelles Jack?

Oui.

Avant qu'il tire sur monsieur Green, est-ce que... est-ce que monsieur Perry a dit quelque chose?

Oui. Il a dit: Toi, fils de pute, et il lui a tiré dessus. Tout ça en même temps.

Qu'est-ce qui s'est passé ensuite?

Rien. Jack s'est accroché à moi. Je crois qu'il avait peur de s'écrouler. J'ai essayé qu'il reste debout, mais il était trop lourd. Et puis il s'est assis sur le ciment et il s'est tenu l'estomac.

Qu'est-ce qu'a fait monsieur Perry après avoir tiré sur monsieur Green?

Rien. Il était là, il ne bougeait pas.

Est-ce qu'il a dit quelque chose?

Il a peut-être dit qu'il regrettait, je n'en suis pas sûre. Et puis il est parti.

Tu sais où il est allé?

Non. Je n'en sais rien.

Qu'est-ce que tu as fait?

J'ai dit à Jack que j'allais prévenir la police, mais il a dit: Non, n'y va pas.

Tu es restée avec lui?

Oui. Cette femme avec son petit garçon est arrivée tout de suite après et elle a couru pour appeler une ambulance.

Est-ce que monsieur Green a dit quelque chose d'autre?

Quoi, par exemple?

Eh bien, autre chose... d'autres mots.

Non.

Je vois, a dit le policier. La femme a fermé son carnet, et ils se sont regardés comme si l'un et l'autre pensaient à la même chose. Un instant plus tard, ils sont sortis. J'ai appris ensuite qu'on pouvait nous observer à travers le miroir, derrière la cloison, si bien que l'un des policiers a gardé un œil sur moi jusqu'à ce qu'arrive Miss Jessop, du service de protection de l'enfance.

*
*   *

C'est Miss Jessop qui m'a dit que je ne rentrerais pas à la maison. On allait me confier au Centre pendant tout le temps qu'ils mèneraient une enquête plus approfondie sur ma famille.

Formidable, j'ai fait. Et qu'est-ce qui va se passer pour Stoppard et Tyler? Qui va s'occuper d'eux?

Ce sont vos frères?

Oui, ce sont mes frères. Tyler est chez la nourrice.

Je me penche pour regarder l'heure à sa montre.

Stoppard doit déjà être chez Tina Tots et se demande où je peux bien être.

Elle écrit le nom de la dame qui garde Tyler pendant la journée et puis le nom de l'école de Stoppard.

Qu'est-ce que vous allez décider? Est-ce qu'ils vont venir avec moi au Centre?

C'est une possibilité. Nous devons nous assurer que votre mère est en mesure de subvenir aux besoins de vos frères.

Quelle idée géniale! Pourquoi ne pas mettre Maman en placement au Centre et me laisser rentrer à la maison? Ça serait tellement plus simple!

Maintenant, ça suffit, fait Miss Jessop.

Elle m'a conduite jusqu'au Centre. J'ai jeté un coup d'œil. Sur la façade, il y avait une grande croix, avec Jésus accroché sur la croix.

C'est pour les catholiques, j'ai dit.

Non, pas seulement pour les catholiques. Les sœurs s'occupent du Centre. Mais vous y êtes la bienvenue, même si vous n'êtes pas catholique.

À l'entrée, elle m'a confiée à une sœur qui s'appelle sœur Marie Joseph. La sœur a quitté son comptoir en bois et m'a serré la main.

Bonjour, Linda. Je vous attendais. J'ai pensé que

nous pourrions manger un morceau ensemble. À moins que vous ne vouliez d'abord faire un peu de toilette.

Oui, j'ai dit, oui.

À part nous, le hall était désert.

Où sont les autres ? j'ai demandé.

À l'école. Vous voulez prendre une douche ? J'ai des vêtements propres pour vous. Ils doivent être trop grands, mais personne ne m'a avertie que vous étiez si menue. Je pense que ça ira dans l'immédiat.

Elle ne m'a posé aucune question d'ordre personnel. Je suppose que la police lui avait téléphoné pour la mettre au courant de tout ce qu'elle devait savoir, mais j'étais contente de ne pas avoir à donner moi-même des explications.

Elle m'a aidée à me déshabiller. À cause du sang, ma chemise s'était collée à ma peau et, lorsque j'ai enlevé mon jean, j'ai vu que le sang l'avait aussi traversé et taché mon slip.

C'est une fois que j'étais nue que mes nerfs m'ont lâchée et que je me suis mise à pleurer.

Je sais, Linda, je sais, a fait sœur Marie Joseph.

Elle m'a tendu une brosse pour nettoyer mes ongles, un morceau de savon, et puis elle a ouvert l'eau. De l'eau chaude, bouillante. Exactement ce qu'il me fallait. J'entends qu'elle dit :

Prenez votre temps. Je reste tout à côté au cas où vous auriez besoin de quelque chose.

Après ma douche, je n'avais plus du tout faim. J'étais fatiguée, je voulais seulement un endroit où me coucher.

Sœur Marie Joseph m'a montré ma chambre. Elle a dit : Vous allez dormir là.

Il y avait quatre lits, mais seuls trois d'entre eux étaient faits. Une couverture de l'armée était dépliée sur le mien, loin de la fenêtre. Je me suis déshabillée et je me suis glissée entre les draps.

Vous appelez si vous voulez quelque chose, a dit sœur Marie Joseph.

D'accord, j'ai répondu.

Il faisait encore jour dehors. Je n'arrivais pas à fermer les yeux. J'étais allongée et je sentais les draps sur ma peau. Des draps rêches, amidonnés, mais tout propres. Je voyais le ciel derrière la fenêtre. Au bout d'un moment, une fille entre et me regarde. Elle porte une chemise écossaise et l'une de ses oreilles est trouée.

Il faut que je prenne quelque chose dans mon placard, elle dit, d'accord ?

Je veux lui répondre que oui, c'est d'accord, mais aucun son ne sort de ma bouche. Je lui fais un signe de la tête.

Elle prend un livre, elle referme le placard et elle s'en va. Un instant, je sens sa présence. Une odeur de propreté, comme celle des draps.

Ce que je me rappelle ensuite, c'est qu'il fait nuit, que les lumières sont allumées et que deux filles vont se mettre au lit. L'une est la fille à l'oreille trouée. L'autre est toute rose et blonde. Je suis immobile et je regarde la fille à l'oreille trouée. Elle enlève sa chemise. Son corps a une couleur d'ambre. Une couleur qui lui va bien.

Elle s'est réveillée, dit l'autre fille.

La fille à l'oreille trouée me regarde : Ça va ?

Oui, oui, ça va.

Elle prend dans son placard quelque chose d'enveloppé dans une serviette en papier. Elle s'assoit sur mon lit et elle ouvre le paquet. C'est un éclair au chocolat dont le glaçage brille comme le bout pointu d'un escarpin.

J'ai pensé que tu aurais envie de manger quelque chose.

Merci, j'ai dit, et j'ai mangé.

Tu sais, je peux aller à la cuisine et te remonter quelque chose d'autre, si tu as faim. Sœur Marie Joseph a dit que je pouvais t'apporter tout ce que tu désires.

Non, ça va très bien comme ça.

Je n'avais plus faim. Je me suis rallongée et je les ai regardées se mettre au lit. Elles ont parlé d'un concert que l'école organisait pour les anciennes. De quelle sorte de concert il pouvait bien s'agir ? J'étais trop fatiguée pour poser des questions.

Demain, a dit la fille à l'oreille trouée, je demanderai à Miss Thompson si je peux chanter avec la chorale de gospel. C'est plus intéressant.

Elle me regardait pendant qu'elle parlait. Elle regardait mes cheveux, mes yeux. Ma bouche. J'ai eu l'impression que je devais être une personne agréable à regarder. J'ai fermé les yeux et je me suis rendormie.

Le lendemain matin, j'ai pris mon petit déjeuner à la cafétéria avec les autres filles. En attendant mon tour, j'ai noté ce qu'elles avaient choisi et j'ai emporté la même chose qu'elles. Des œufs brouillés et une coupe de fruits.

Sœur Marie Joseph s'est approchée de notre table et elle a dit : Linda, vous avez dormi pendant presque seize heures. Et elle a demandé : Vous voulez aller en classe avec les autres filles ?

Non, je lui ai répondu. Je fais déjà partie de mon école. L'école secondaire Arthur Murray.

En l'entendant, je me suis posé la question : Qui s'occupe de Tyler et de Stoppard ? Cette Miss Jessop, du service d'aide sociale à l'enfance, elle avait assuré qu'elle y veillerait. Mais si elle avait oublié ? Elle a juste écrit quelques mots sur un bout de papier qu'elle a fourré au fond de sa serviette. Je n'aimerais pas que ma vie dépende d'une chose pareille.

Est-ce que je peux téléphoner ? j'ai demandé.

À qui ?

Je voudrais appeler Maman et savoir si tout va bien.

Sœur Marie Joseph a répondu que ce n'était pas possible pour le moment. Pourquoi vous n'iriez pas à l'école pour la journée avec Crystal et Beverly ? Ça pourrait vous plaire.

J'ai commencé à discuter, parce que j'étais préoccupée à cause de Tyler et de Stoppard.

Non, j'ai fait. Je vous ai dit que j'avais mon école. Je veux savoir si tout va bien à la maison. Est-ce que vous voulez m'expliquer, s'il vous plaît, pourquoi je ne peux pas me servir de ce téléphone de merde pendant deux minutes ?

Non ! Vous ne m'arrêterez pas ! j'ai dit.

C'en était trop. J'avais passé la limite. Sœur Marie

Joseph m'a attrapée à bras-le-corps et m'a tirée jusqu'à l'autre bout de la pièce. Elle s'est assise sur une chaise. Elle me tenait serrée tout contre elle, elle m'immobilisait avec ses bras et ses jambes.

Je me suis débattue un instant, mais elle était trop forte.

Qu'est-ce qui se passe? a demandé une femme.

Une sœur elle aussi, vous pouviez le voir à son uniforme. Sœur Marie Joseph, elle, porte des habits normaux.

Linda nous fait une petite crise de nerfs! a dit sœur Marie Joseph comme si c'était un canular. J'ai encore essayé de me débattre, mais d'une certaine façon toute mon énergie m'avait abandonnée.

Une fois calmée, j'ai expliqué pourquoi je me faisais du souci pour Tyler et Stoppard, et sœur Marie Joseph a dit qu'elle se renseignerait.

Je ne vois pas pourquoi je ne peux pas passer un simple coup de fil, j'ai dit.

Ah! Ne recommencez pas, Linda! Je vous ai dit que j'allais me renseigner. Pour l'instant, ça doit vous suffire.

Les autres filles sont parties à leur école, et moi j'ai accompagné sœur Marie Joseph jusqu'à son bureau. J'y suis restée assise presque toute la journée. Nous avons déjeuné ensemble, sur un plateau, dans sa chambre. Des pâtes, du fromage et deux cookies emballés dans du plastique. Ensuite, je me suis installée sur un banc dans le hall. La sœur en uniforme s'est approchée et m'a dit que Tyler et Stoppard allaient bien. Elle s'appelle sœur Angelica. Elle a dit que les garçons restaient pour l'instant avec Maman mais qu'elle avait obtenu un peu d'aide pour faire face à la situation.

Quelle aide? Je ne pense pas que Maman soit capable de quoi que ce soit sans moi.

Écoutez, jeune fille, tout cela n'est plus de votre responsabilité. C'est une situation délicate, et il faudra un certain temps pour que les choses rentrent dans l'ordre. Deux hommes sont morts, dit la sœur en se pinçant les lèvres.

Quoi? Deux hommes?

Monsieur Green et monsieur Perry.

C'est ainsi que je découvre les faits. Jack est mort dans l'ambulance et Frank s'est suicidé au sous-sol du parking.

Sœur Angelica veut se justifier auprès de sœur Marie Joseph d'avoir ainsi vendu la mèche.

Elle dit: J'étais persuadée qu'elle était au courant, et elle se met à pleurer.

Linda ne m'a jamais posé de questions à leur sujet, fait sœur Marie Joseph. Et j'ai su ainsi qu'elle-même savait.

Voilà comment, presque par hasard, j'ai appris la nouvelle.

Je ne ressentais rien. La sœur avait dit vrai. Je n'avais jamais demandé à personne si Jack s'en était sorti ou ce qui était arrivé à Frank Perry. Peut-être que je l'avais deviné. Je crois que, dès que l'ambulance est arrivée, j'ai su que Jack était fichu.

Sœur Marie Joseph a demandé à sœur Angelica

de sortir de la pièce et elle n'a pas dramatisé la situation.

Il aurait mieux valu que vous découvriez la vérité d'une autre manière. Mais cette erreur ne s'inscrit pas très haut dans l'échelle des fautes humaines. Vous me comprenez, Linda?

Plus tard, elle m'a donné des détails sur la mort de Frank. Il a descendu la rampe du parking, passant devant sa camionnette sans la regarder, et quand il est arrivé au dernier étage du sous-sol, il s'est appuyé contre le mur du fond et il s'est tiré une balle dans la tête.

Deux femmes en tailleur sont alors entrées et ont dit qu'elles avaient à me parler. Elles m'ont paru antipathiques. L'une portait son tailleur à même ses dessous, sans chemisier. Je leur ai fait le récit des événements. C'était à peu de chose près ce que j'avais déjà dit au policier, mais elles voulaient un maximum de détails. De ces détails qui n'avaient rien à voir avec la recherche de la culpabilité de tel ou de telle dans cette affaire. Chaque fois que je répondais à une question, elles se dévisageaient.

Monsieur Green était-il un ami de la famille?
Qu'est-ce que vous voulez dire?
Votre famille avait-elle des liens d'amitié avec lui?
Maman et lui travaillaient dans la même boîte.
Donc vous l'avez vu très souvent, je suppose?
Oui, très souvent.
L'avez-vous jamais vu seul?

Quelquefois.

Avez-vous eu des relations intimes avec monsieur Green?

J'ai prétendu qu'on ne m'avait jamais posé de pareilles questions.

Linda, est-ce que vous avez entendu ce que je vous ai demandé?

Oui, oui, j'ai entendu.

Avez-vous eu des relations sexuelles avec monsieur Green?

J'ai tourné la tête et, par-delà la fenêtre, j'ai cherché des yeux les oiseaux qui nichaient dans les arbres.

Voulez-vous, s'il vous plaît, répondre à la question?

Au bout d'un moment, sœur Marie Joseph leur demande de quitter les lieux. De la fenêtre, je les regarde qui s'en vont en éparpillant leurs mégots. Elles montent à bord d'une grosse voiture. L'une décroche un téléphone au tableau de bord, l'autre saisit le volant. Par-dessus mon épaule, je jette un œil à sœur Marie Joseph. Elle m'observe, frappant une de ses dents à petits coups de crayon.

Ce sont des putes, je fais. Vous ne devriez pas laisser entrer des putes dans votre Centre.

Elle lâche le crayon et pose ses mains à plat sur le buvard.

Linda, vous allez devoir en parler à quelqu'un. Vous vous en rendez compte, n'est-ce pas? Vous ne réussirez jamais à sortir d'ici tant qu'elles n'auront pas entendu tout ce qu'elles veulent savoir.

Je ne parle pas aux putes.

Je lui ai dit ça comme ça.

Je ne parle pas aux enfoirées de putes.

Cet après-midi-là, Franny Paschonelle est arrivée. C'est l'assistante sociale qui s'occupe de moi.

J'avais l'intention depuis deux jours de venir ici, elle a dit, mais ma voiture est tombée en panne.

Sœur Marie Joseph a froncé les sourcils.

Miss Paschonelle a obtenu pour moi une séance de tests qui doivent permettre de mieux connaître ma personnalité, et j'ai vu un médecin.

Puis nous sommes allées nous promener.

Je vais être franche avec toi, Linda, elle a dit. Nous avons à décider si toi et tes frères vous ferez ou non l'objet d'un placement dans une famille. Il faut donc que tu m'éclaires sur ce qui s'est passé et se passe dans ta vie. Je veux dire par rapport à ta mère. Je veux dire par rapport à monsieur Green et à monsieur Perry. Tout. Es-tu prête à le faire?

Elle portait accroché à son épaule un gros sac rempli de papiers et elle semblait nager dans ses vêtements. Comme si elle s'était habillée avec les affaires de sa grande sœur. Elle sentait la sueur et le tabac. Mais elle avait l'air d'une chic fille.

Je lui ai demandé si elle avait un petit ami.

Non!

Elle s'est mise à glapir comme un chiot hilare.

J'ai été mariée. Pendant deux mois. Drôle de plaisanterie! Mais nous ne sommes pas là pour parler de moi. Es-tu prête à tout me dire, oui ou non? Si c'est non, j'ai mille autres choses à faire.

D'accord, j'ai dit. Je vais tout vous raconter.

Je lui ai énuméré les faits, et elle les a notés dans un rapport préliminaire. Je le sais, parce que j'ai sorti ce rapport de son sac, un après-midi où elle était venue me voir pour m'avertir de ce qui m'attendait.

Il va y avoir une audition, et je veux que tu parles au juge avec autant de franchise que tu en as eu avec moi.

J'ai profité du moment où elle est allée aux toilettes pour tirer le rapport du fond de son sac. Je l'entendais qui bavardait dans le hall avec sœur Marie Joseph, et je savais que j'avais tout le temps pour me mettre au courant.

Le sujet est de sexe féminin, âge treize ans. Sa mère est de race caucasienne et son père, aujourd'hui décédé, était un Indien d'Amérique. Ses résultats obtenus au test de niveau intellectuel de Stanford-Binet la situent dans la catégorie moyenne-inférieure de sa classe d'âge. Elle semble être en bon état physique (voir ci-joint le rapport du médecin). Elle est menue pour son âge, mais de constitution robuste. Elle signale que ses règles, survenues il y a sept mois, sont peu abondantes et irrégulières. Active sexuellement... l'employeur de sa mère a abusé d'elle à maintes reprises... pas de preuve d'une complicité de la part de la mère... de toute évidence profondément perturbée...

Quand elle est revenue dans la pièce, je n'ai pas

cherché à dissimuler ce que j'étais en train de lire. Elle m'a ôté des mains le rapport et elle s'est assise sur la table.

Linda, je croyais que je pouvais te faire confiance.

Je savais que c'était du bla-bla. Elle était inquiète parce qu'à cause de son imprudence j'avais réussi à lui dérober son rapport.

Si vous m'aviez fait confiance, vous m'auriez laissée lire le papier.

Non, c'est impossible. Je ne peux pas rédiger un rapport objectif si je sais que tu vas le lire.

Vous me demandez de vous faire confiance, mais vous pouvez, vous, raconter tout ce que vous voulez derrière mon dos.

Les choses ne se passent pas comme cela, Linda.

Mais vous, vous faites de moi une imbécile.

Ah, oui? Elle feuillette le rapport. Tout ça est vrai, n'est-ce pas? Ce n'est pas ce que tu m'as dit?

Vous faites de moi une sombre imbécile.

Elle ferme le dossier et pose ses mains dessus.

La situation était délicate. Nous nous jetions l'une l'autre des regards sinistres.

Je veux écrire moi-même le rapport préliminaire, j'ai dit.

Elle m'a dévisagée un long moment.

Je crois que c'est une très bonne idée, elle a fini par dire.

Est-ce qu'ils le liront?

Oui. Je ferai en sorte qu'ils le lisent.

2

Miss Paschonelle m'a demandé si j'avais une chambre à moi. Je vais donc commencer par là.

Oui, j'ai une chambre à moi. Tyler vient y dormir presque chaque soir, mais ça reste une chambre à moi. J'ai un lit et une table pour faire mes devoirs, avec un tiroir où je fourre toutes sortes de choses. Sur le mur d'à côté, il y a une étagère où je peux entasser tout ce qui ne tient pas dans le tiroir.

Je range mes vêtements dans une boîte en carton à l'intérieur du placard. En fait, j'ai deux boîtes en carton, l'une pour les affaires propres, l'autre pour les affaires sales. Ainsi, en un clin d'œil, je sais quand il est temps de faire la lessive. Nous lavons notre linge chez Wash'n'Dry. Ça coûte un dollar les deux kilos. Pour le séchage, il faut mettre des pièces. Je démarre avec soixante-quinze cents et j'en rajoute autant si le linge n'est pas assez sec. Ils ont aussi un service spécial qui coûte un dollar et cinquante cents le kilo. Si vous choisissez cette formule, madame Hubble contrôle le travail de la machine jusqu'au séchage, puis elle pose le linge en vrac sur une table blanche, elle le plie et elle l'enveloppe dans une housse en plastique.

Quand madame Hubble lave elle-même le linge de ses clients, elle doit faire comme tout le monde et mettre des pièces dans la machine. Elle garde sa monnaie dans une boîte vide, une boîte à café de chez Folger, qu'elle met sur une étagère. C'est ça qui m'a donné l'idée d'avoir moi aussi une boîte à sous. La mienne est bleue. C'est une boîte ronde de chez Maxwell House. Je l'avais d'abord posée sur la tablette du lavabo, mais elle laissait un cerne de rouille sur l'émail, si bien que je l'ai installée sur une assiette dans le placard à vaisselle. J'ai dit à Maman que, quand elle rentre à la maison, elle pense à jeter dans la boîte toutes les pièces qui traînent dans ses poches. On aura ainsi toujours de la monnaie pour la lessive. Mais il faut que je le lui rappelle pour qu'elle le fasse. Et quelquefois, quand je ne la regarde pas, elle chipe des pièces. Pourtant, je pense que c'est une bonne idée, ma boîte.

Tyler n'a pas de lit pour lui. Il dort dans son parc, qui est fait de filets tendus sur une armature de tubes chromés. C'est une solution vraiment formidable. Le soir, je lui passe une barboteuse et il peut ainsi, en dormant, gigoter dans le parc sans avoir froid. Entre le pied de mon lit et la fenêtre, il y a juste l'espace qu'il faut pour le parc. C'est là que je l'ai installé. Quand il se réveille avant moi, le matin, Tyler a l'habitude de se dresser sur ses petites jambes et de regarder par la fenêtre.

Le jour où Miss O'Connor nous a parlé à l'école du danger du plomb dans la peinture, j'ai failli m'étrangler. Je n'avais qu'une hâte : rentrer à la maison et vérifier le rebord peint de ma fenêtre. Il était écaillé, fissuré, mais les lamelles de bois avaient l'air de tenir bon. J'étais soulagée. Je les ai recouvertes de papier adhésif et j'ai essayé de ne plus y penser. Si vous vous faites du mauvais sang à propos de tout et de rien, vous ne vivrez jamais en paix.

Je m'inquiète beaucoup pour les espèces en danger. C'est un peu idiot car je n'y peux pas grand-chose, et pourtant, je m'inquiète. Même pour la chouette tachetée et la limace de mer. J'ai peur, quand je serai grande, qu'il n'existe plus d'espèces animales, à l'exception des êtres humains et des animaux comestibles.

C'est ce que je pense. Même les punaises ont autant le droit de vivre que les hommes. On vous explique que la valeur de l'être humain surpasse celle de toute autre forme vivante, mais je n'en crois rien. Désolée, mais je n'en crois rien. Il y a des tas de gens qui ne valent pas tripette. Ils ne sont là que pour créer des embrouilles. Si j'avais à choisir entre sauver tous ces gens-là et une seule et unique chouette tachetée, je n'hésiterais pas une seconde. Un être humain risque toujours d'être plus néfaste que n'importe quel animal. C'est cruel à dire, je le sais, mais c'est la vérité, et il vaut mieux la regarder en face.

Stoppard dort sur le canapé-lit qui est dans la pièce de séjour. Beaucoup de personnes dorment sur des canapés-lits, et je ne pense pas qu'il y ait de mal à ça. Il a six ans. Si nous regardons un programme de télévision qu'il n'aime pas, il change de chaîne sans nous le demander, puisque le canapé où nous sommes assis, c'est son lit. Et s'il est de mauvaise humeur, il nous dira: C'est mon lit, fichez le camp! J'ai fait admettre une règle selon laquelle tant qu'il n'a pas été déplié, le canapé-lit n'est pas le lit de Stoppard. Ensuite seulement, il lui est permis de dire ce qu'il a envie de regarder. S'il ne veut rien voir, il sort de la pièce et va dans mon lit. Ça m'est égal. Il faut juste que je sois attentive et que je le lève avant qu'il s'endorme, pour lui faire faire pipi. Sinon, neuf fois sur dix, il mouille le lit. C'est une précaution à prendre, croyez-moi, et que vous n'avez pas intérêt à oublier.

Maman a sa chambre à elle. La salle de bains est à côté. Tout y est en bon état, excepté le robinet d'eau chaude du lavabo. Vous pouvez le tourner dans tous les sens autant de fois que vous voulez, vous ne ferez rien couler. Il y a heureusement un petit robinet d'arrêt sous le lavabo, à droite, près du mur. Grâce à lui, on peut réussir à ouvrir et fermer l'eau chaude.

La dernière pièce de notre appartement, c'est la cuisine. Une grande pièce, avec une cuisinière et un réfrigérateur. Il y a aussi de la place près de la porte du fond pour une table et plusieurs chaises. L'un dans l'autre, avouez-le, nous sommes plutôt bien logés et bien équipés. Nous avons aussi décidé d'acheter une installation coin-repas, dès que nous aurons trouvé ce qui nous plaît. Chez Wal-Mart, ils en proposent plusieurs modèles à 179,99 dollars, taxes non comprises, mais Maman n'aime pas leur style. Elle dit qu'elle préfère s'en passer plutôt que d'acheter une chose pour laquelle elle n'a aucune attirance. Nous étions l'autre jour près du magasin d'antiquités Rare Earths qui vend des objets anciens des années 1950. Soudain, Maman s'est arrêtée et elle a dit: Oh, mon Dieu! Dans la vitrine était exposé un modèle de coin-repas exactement semblable à celui avec lequel elle avait grandi à Hibbing. L'ensemble, en chrome et formica, était d'une autre époque. Outre les deux chaises de la vitrine, deux autres chaises se trouvaient à l'intérieur du magasin. Leurs sièges étaient recouverts d'un plastique rouge aux reflets marbrés. Tout paraissait en superbe état, si bien que nous sommes entrées pour demander le prix.

Le directeur avait une grosse moustache grise. Il nous a dit que l'ensemble valait quatre cents dollars.

Maman a failli tomber à la renverse. Quatre cents dollars !

Oui, madame. C'est de l'ancien. Une vraie pièce de collection.

Maman lui a dit que c'était l'équivalent exact de la table que sa mère possédait à Hibbing, Minnesota, où elle avait passé son enfance.

Ils l'ont jetée à la rue, elle a dit. Ils s'en sont débarrassés, lorsque j'ai obtenu mon diplôme de fin d'études secondaires, pour acheter cette horreur de fausse table rustique en chêne. Ça m'a brisé le cœur.

Le directeur a fait remarquer que les gens ignorent souvent la valeur des choses qu'ils ont chez eux. Lui aussi avait une histoire triste à raconter, celle de la vieille bicyclette qu'il avait abandonnée quand il était jeune, parce qu'il allait déménager et qu'il ne voulait pas être embêté dans son nouvel appartement.

Il a dit ensuite qu'il se rendait bien compte que Maman avait vraiment envie d'acheter la table, et il a proposé de la lui céder à trois cent cinquante dollars, si elle pouvait pousser jusqu'à ce prix-là.

Elle s'est mise à rire. Je ne pourrais même pas me payer les pieds de la table!

Nous sommes sorties. Elle était de très bonne humeur. Allons jusqu'à Sweet Tooth et offrons-nous une glace, elle a dit.

J'ai dû lui rappeler que nous devions passer prendre Tyler chez sa nourrice. Et que nous ne pouvions pas nous permettre d'acheter des glaces.

Ah! oui, c'est vrai! elle me dit, en riant aux éclats. Nous descendons la rue en nous tenant par la main. Très vite, elle me serre les doigts si fort qu'ils me font mal. Elle plisse les paupières pour ne pas laisser couler les larmes.

Les choses ne se passent pas comme elles auraient dû. Elle m'a dit ça.

Cette table, elle en avait vraiment très envie.

Miss Paschonelle est venue dire qu'il est possible que les garçons et moi-même, nous soyons placés chez le docteur et madame Hoeksema, à Hibbing. Je ne crois pas que ce soit une bonne idée, et j'explique pourquoi. L'un et l'autre sont trop vieux pour se charger de l'éducation d'une nouvelle famille. Ils ont travaillé dur toute leur vie et ils ont bien gagné le droit à une paisible retraite.

C'est mot pour mot ce qu'a répondu madame Hoeksema.

À l'époque où Maman suivait ses cours de premier cycle à l'université du Minnesota, à Indianapolis, un changement brutal s'est produit en ce qui les concernait, elle et sa famille. Tout avait commencé sur le campus lorsqu'elle avait voulu rejoindre l'amphi de littérature anglaise. Un groupe d'hommes l'avait empêchée d'entrer. C'était des Indiens d'Amérique qui manifestaient. Ils faisaient barrage devant les portes du bâtiment et ils en interdisaient à quiconque l'accès.

Maman a dit qu'elle ne voyait pas ce que cette manifestation avait à faire avec la littérature anglaise.

L'un des hommes lui a répondu qu'il ne voyait pas ce que la littérature anglaise avait à faire avec quoi que ce soit.

Le nom de cet homme, un Indien, était Charles Taylor. Maman et lui eurent le coup de foudre, et ils allèrent vivre ensemble dans un appartement près de Dinkytown. C'est là que je suis née.

Je n'en ai pas de souvenir, mais Maman disait que l'endroit avait appartenu à des toxicomanes. Ils avaient badigeonné les portes en marron foncé et en violet. C'était très sale. Un jour, Maman m'a trouvée en train de jouer avec une capote usagée que j'avais dénichée sous le linoléum.

Voilà! elle a dit.

Ensuite, Charles Taylor est parti travailler dans le bâtiment à Houston, Texas, et Maman et moi, nous avons emménagé au deuxième étage du numéro 1050 de la 13e Avenue Sud-Est.

En ouvrant la porte, on entrait de plain-pied dans la cuisine. On montait deux marches et on se trouvait dans la pièce de séjour. On passait une porte et on était dans la chambre. C'était ça, tout l'appartement. La salle de bains, commune aux occupants de l'étage, était située sur le palier, mais nous n'avions pas à la partager parce que l'autre appartement du deuxième étage servait de débarras au propriétaire, qui y avait laissé des meubles quand il était parti en Arizona. Sur le mur de l'escalier, un papier rugueux de couleur verte vous éraflait la peau si vous aviez le malheur de vous cogner contre lui en manquant une marche. Ça m'est arrivé plus d'une fois.

Au rez-de-chaussée se trouvait Agnès Beauchamp. Elle suivait le cycle de formation des infirmières à l'université. Toutes les fois qu'on sautait à pieds joints les marches qui séparaient la pièce de séjour de la cuisine, elle venait frapper à notre porte pour se plaindre, mais gentiment. Elle travaillait la nuit et dormait le jour. Pour moi, c'était formidable. Quand je rentrais de l'école l'après-midi, j'allais très souvent prendre mon petit déjeuner avec Agnès. Un petit déjeuner à deux heures de l'après-midi! J'adorais ça. Quand Charles Taylor a été de retour à Houston, il a pris l'habitude d'aller acheter chez Dunkin Donuts un assortiment de beignets pour nous trois.

Mais ça, c'était plus tard.

Agnès avait un peignoir de bain pelucheux et une chemise de nuit en flanelle. En s'approchant tout près d'elle et en respirant fort, on découvrait l'odeur de son peignoir. Il était imprégné de l'odeur d'Agnès, comme s'il s'était emparé d'une partie d'elle-même. Certains auraient pu dire que l'odeur était trop forte, mais moi, cette odeur, je l'aimais. Je pense que l'odeur qui enveloppe une personne est une chose importante. Chaque fois que je fais la connaissance d'une nouvelle personne, j'essaie de m'approcher d'elle pour la renifler. Il m'est impossible d'éprouver de la sympathie pour quelqu'un qui n'a pas une bonne odeur.

Nous avions aussi, sur l'arrière, une grande véranda, avec des châssis vitrés à guillotine. L'endroit n'était pas chauffé. L'hiver, nous y stockions nos détritus pour ne pas avoir à les descendre au rez-de-chaussée. Le froid était si vif qu'ils ne sentaient pas mauvais.

Dans l'arrière-cour, il y avait un appentis où s'accumulaient des vieilleries. Personne n'y allait. Un jour que j'étais venue porter des détritus dans la véranda, j'ai aperçu un énorme oiseau qui sortait de l'appentis et attaquait un petit chien blanc. Il l'a attrapé avec son bec et il l'a secoué jusqu'à lui briser le cou. On voyait le sang qui giclait. L'oiseau l'a traîné jusqu'à l'intérieur de l'appentis, et je ne l'ai plus revu.

Ce n'était pas un oiseau qui volait. Il semblait marcher. Il avait de courtes ailes rondes et une queue empanachée. J'ai découvert ensuite dans un livre une photo qui le représentait, et j'ai appris qu'il s'agissait d'un grand oiseau coureur de l'île Maurice, incapable de voler, qui s'appelait dodo ou dronte. J'ai dit à la maîtresse que nous avions un dronte dans notre appentis. Elle s'est mise à rire et elle a dit que l'espèce avait disparu depuis deux siècles. Toute la classe s'est moquée de moi, sans chercher à demander des explications. Vous rigoleriez moins si vous en aviez un chez vous, j'ai fait. Mais je ne le leur souhaitais pas.

Je suis heureuse de pouvoir affirmer que je n'ai plus jamais revu de dronte, si bien que l'espèce a peut-être disparu aujourd'hui, comme la maîtresse nous l'a assuré.

Charles Taylor est revenu chez nous pour Noël. Nous avons dégagé à la pelle le chemin d'accès. Quand tout a été déblayé, il y avait des monticules de neige de chaque côté du chemin. Ils m'arrivaient presque jusqu'au cou. Alors Charles Taylor m'a empoignée et m'a lancée en l'air. Je suis retombée brutalement sur la neige, mais je ne me suis pas fait mal, car la neige était très épaisse. Si épaisse que je m'y étais enfoncée. Charles Taylor m'a aidée à m'en sortir. Mon blouson était passé par-dessus ma tête et ma chemise flottait.

De quoi, de quoi ? il a fait, et il a posé ses moufles toutes froides sur mon ventre nu.

Je riais, je hurlais. Maman est sortie. Elle s'est tenue droite sous le porche de la maison, en chemise de nuit, les bras croisés. Qu'est-ce que vous êtes en train de fabriquer, tous les deux ? elle a demandé.

Nous avons couru vers elle, et elle est rentrée précipitamment à l'intérieur de la maison, avec sa chemise de nuit qui lui battait les jambes.

Vous êtes dingues, elle a dit, toi et toi.

C'est un souvenir que j'ai de lui.

*
*   *

Il ne se sentait pas à l'aise dans l'appartement. Il disait qu'il y était à l'étroit. Avant de partir pour l'Arizona, le propriétaire avait engagé des hommes pour installer des doubles vitrages. Les ferrures anciennes étaient cassées, et ils n'eurent aucun mal à les supprimer. Maman tenta d'expliquer à Charles Taylor qu'il était inutile d'intervenir, qu'il ne fallait toucher à rien.

Lui disait: Je ne peux pas respirer ici.

Je suis désolée, mais il est impossible d'ouvrir la vitre de protection, elle a été clouée. C'est ce que j'essaie de t'expliquer.

Cette fenêtre, je vais l'ouvrir, a dit Charles Taylor. Il a remonté le premier panneau et il a fracassé la vitre derrière en lançant sur elle une boîte de conserve.

Maintenant, elle est ouverte, il a dit.

Il nous a annoncé qu'il allait rester un moment et qu'il allait travailler dans la taille du bois pour une société paysagiste. C'est lui qu'ils envoyaient tout en haut des arbres, là où personne ne voulait grimper. Il se servait d'une scie attachée à une corde et il se déplaçait à la cime de l'arbre comme s'il se promenait sur un trottoir.

Maman avait repris ses études en vue d'obtenir son diplôme de littérature anglaise. Elle voulait être professeur dans une école secondaire. Un jour, elle nous a dit qu'elle et son amie Esther partaient voir un spectacle à l'Eau Claire. Ne nous attendez pas, elle a dit, parce que nous resterons peut-être là-bas pour la nuit.

Charles Taylor m'a réveillée. Il m'a fait lever et il m'a dit: Toi, tu restes assise là.

Je me suis assise sur mon lit, tandis qu'il tournait en rond sur la pointe des pieds et jetait des regards furtifs vers les fenêtres.

Il est venu près du lit et il s'est assis à côté de moi.

Ta mère n'est pas allée à l'Eau Claire avec Esther, il a dit.

Elle n'y est pas allée?

Non. Elle est allée au motel de l'aéroport avec Peter Hobbs. En ce moment, elle s'envoie en l'air avec Peter Hobbs à l'aéroport.

Oh! j'ai fait.

Tu sais ce que ça veut dire : s'envoyer en l'air?

Oui.

C'est quand le zizi du monsieur fricote avec ta chatte. Et c'est ce que Peter Hobbs et ta mère sont en train de faire. N'oublie pas ça.

Le lendemain matin, au petit déjeuner, on a mangé des tartines et, au lieu que j'aille à l'école, Charles Taylor m'a emmenée avec lui à son travail.

Il m'a fait monter dans l'arbre. Nous étions attachés à des cordes qui passaient par-dessus une grosse branche et retombaient à côté des hommes qui nous surveillaient. Oublie les cordes, a dit Charles Taylor, et persuade-toi que tu es dans ton élément, ton environnement naturel. J'ai donc avancé avec lui tout en haut de l'arbre, et je n'ai jamais eu peur. Il avait une petite scie incurvée que je tenais quand il ne s'en servait pas. À un moment, je me suis trouvée debout sur une branche sans me tenir à quoi que ce soit, et j'ai vu au bas de l'arbre les hommes qui nous regardaient, bouche bée.

Maman a prétendu qu'il était impossible qu'une telle chose ait pu arriver. Monsieur Pierce, le chef d'équipe, n'aurait jamais autorisé Charles Taylor à me faire grimper avec lui dans un arbre.

Qu'est-ce qui te permet de dire ça? je lui ai demandé. Tu n'étais pas là. Je sais où tu étais. Tu étais au motel de l'aéroport en train de t'envoyer en l'air avec Peter Hobbs.

Après cela, Maman a mis Charles Taylor à la porte, et je ne l'ai plus jamais revu. Il est mort environ un mois plus tard, victime d'émanations de monoxyde de carbone. Il avait garé son pick-up sous le pont de la Franklin Avenue, et avec deux de ses amis ils ont bu de l'alcool. Ils avaient laissé tourner le moteur pour conserver de la chaleur. Le gaz les a empoisonnés. Le trou qui était percé dans la vitre arrière, Charles Taylor l'avait obturé avec du ruban adhésif, ce qui ne leur laissait aucune chance de survie.

La police est venue à notre domicile, parce que c'était l'adresse qui figurait sur la carte grise de Charles Taylor. Il était tôt le matin, j'étais habillée pour partir à l'école. Maman était restée au lit, car à cette époque-là elle était enceinte de Stoppard.

Agnès Beauchamp a fait monter la police à l'étage et elle a frappé à notre porte. Elle portait sa tenue d'infirmière et appuyait une main sur sa bouche.

Elle a dit : Oh, Linda ! et elle s'est mise à sangloter.

Deux policiers se tenaient dans son dos. J'ai pensé qu'on l'avait arrêtée, et j'ai couru me cacher dans le placard de Maman. Cette réaction, j'en ai toujours eu honte par la suite. Au lieu de chercher à l'aider, ma première impulsion avait été de courir me cacher.

J'entendais tout autour les cris et les pleurs, surtout les lamentations d'Agnès, mais je n'ai pas quitté le placard. J'ai fourré dans ma bouche la manche d'une des vieilles vestes de Maman, et je n'ai pas bougé.

Une fois tout le monde parti, je suis sortie du placard. Maman n'était plus là. J'ai pensé qu'elle avait peut-être été arrêtée elle aussi, mais je n'en étais pas certaine. J'ai pris mon petit déjeuner et je suis partie à l'école, comme tous les autres jours. À mon avis, c'était la meilleure chose à faire. J'avais peur qu'en m'écartant de mes occupations habituelles je tombe entre les mains du FBI.

La femme agent qui réglait la circulation a brusquement levé le bras et elle a dit: Stop! J'ai failli m'évanouir. Mais ce n'était que pour laisser tourner une voiture sur la droite.

Je ne sais pas comment j'ai tenu le coup pendant toute la matinée, mais le fait est là: j'ai tenu le coup. Juste avant l'heure du déjeuner, madame James, la secrétaire du proviseur, m'a demandé de sortir de la classe. Maman était là, dans le hall, les mains dans les poches, Peter Hobbs à ses côtés.

Ton père est mort, elle m'a dit.

Qui est mort?

Ton père. Charles Taylor. Il a été victime d'un accident de voiture. Il s'est tué.

Je ne savais pas ce que j'étais censée devoir faire. Revenir en classe ou quoi?

Ne t'inquiète pas, Sandra, a dit Peter Hobbs à Maman. À cette époque-là, Peter était un camarade d'études de Maman. Il avait des cheveux roux, taillés en brosse, et des taches de rousseur.

M'inquiéter de quoi? a demandé Maman d'un ton sec. Il fallait bien que quelqu'un la prévienne.

Elle me regarde.

Ton père est mort. Tu me comprends? Elle me saisit le bras et me secoue. Tu me comprends? Est-ce que tu comprends ce que je dis? Est-ce que tu arrives à comprendre ce qu'on te dit?

Je me suis mise à pleurer, et tout le monde semblait soulagé de voir que je réagissais.

C'est le contrecoup, a dit madame James.

Maman m'a ensuite donné des précisions sur ce qui était arrivé. Sur le monoxyde de carbone et les bouteilles d'alcool.

Elle dit: On a trouvé neuf bouteilles vides dans la cabine du pick-up. Elle est assise en tailleur sur le lit, le dos voûté, et elle se balance d'arrière en avant.

Ça fait trois bouteilles chacun. Ces foutus branleurs étaient complètement soûls. J'avais insisté pour qu'il fasse réparer son engin, mais il ne supportait pas qu'on lui demande quoi que ce soit. Tu te souviens de ce trou dans la glace arrière? Tu sais ce que cet abruti a fait? Il l'a bouché avec du ruban adhésif. Il avait refusé de s'occuper des réparations. Mais il l'a pourtant fait, comme ça, sans raison. Et il a trouvé moyen de se tuer.

Après la mort de Charles Taylor, Maman et Peter ont eu des tas de projets. Il avait apporté des plats chinois pour le dîner, ils se sont assis sur le lit et ils se sont mis à discuter. Elle avait fait tomber son pantalon, et on voyait son ventre nu, tout gonflé. Peter le lui a massé avec une pommade à la vitamine E pour effacer les traces d'élastique. Moi aussi je l'ai fait, et parfois je sentais Stoppard qui remuait dans son ventre.

Ils envisageaient d'acheter un grand voilier et de vivre à son bord en mer des Caraïbes. Peter disait qu'ils gagneraient bien leur vie en organisant des croisières pour de riches touristes. Il avait participé à une régate avec l'équipage d'un voilier de la Coupe de l'America et il disait tout savoir sur l'art de naviguer.

C'était un de leurs projets.

Ils envisageaient aussi d'acheter cette vieille école désaffectée, là-bas, au fin fond de la campagne. Maman se consacrerait à la poterie et Peter construirait lui-même des canoës.

Tout ça, c'était du vent.

J'ignore si Maman et Peter savaient ou non que c'était du vent. De temps à autre, ils s'empoignaient sur des projets stupides comme de se lancer dans le trafic de drogue ou bien d'ouvrir un jardin d'enfants. Maman voulait supprimer l'électricité dans l'école qu'ils se proposaient d'acheter à la campagne, et Peter a laissé entendre que c'était une idée absurde. Ils se sont chamaillés dur, et Maman a été obligée de battre en retraite.

Je m'étais mis dans la tête qu'il fallait que je voie le zizi de Peter. Miss Paschonelle prétend que cette impulsion était liée à ce que Charles Taylor m'avait dit au sujet de Maman et de Peter, mais son explication ne me paraît pas vraiment convaincante. Je voulais avant tout savoir si le zizi de Peter avait des taches de rousseur, comme son visage.

Je lui ai demandé s'il voulait bien me le montrer, mais il a résolu le problème en éclatant de rire et en me disant que j'étais trop jeune pour ça.

Un jour que Maman était partie à l'hôpital pour apprendre à bien respirer quand elle accoucherait de son bébé, il m'a dit que cette fois je pouvais voir son zizi, si j'en avais envie.

D'accord, j'ai répondu.

Il m'a entraînée dans la chambre et m'a poussée sur le lit. Puis il a tiré le store de la fenêtre. Il s'est assis à côté de moi, il a ouvert son pantalon et il a sorti son zizi. Je n'avais jusqu'alors rien vu de comparable. C'était extensible et brun de peau. J'ai pensé que c'était une blague, qu'il se moquait de moi, que c'était un bout de quelque chose qu'il avait glissé dans son pantalon quand il se trouvait près de la fenêtre.

Il m'a dit que je pouvais m'en servir si je le voulais, mais je lui ai répondu que non, je n'en avais pas envie.

Et maintenant, jetons un œil sur toi, il m'a dit.

Il a descendu ma culotte et m'a levé les jambes, pour regarder. Puis il a posé son doigt sur ma peau et il l'a remonté le long de mon ventre, jusqu'au creux du nombril.

Tu aimes ça ? il m'a demandé.

Oui.

Eh bien, tu ne devrais pas, il a dit. Tu n'es pas censée permettre aux gens de te caresser. Tu as compris ? À partir de maintenant, c'est comme ça. Je voulais juste voir ce que tu savais.

Il s'est essuyé les mains avec son mouchoir et il est parti.

Longtemps, je suis restée allongée sur le lit, ma culotte autour des chevilles. Je ne savais pas si je devais la remonter ou bien attendre que Peter revienne. Je ne voulais pas agir de travers.

Il n'est jamais revenu. Finalement, j'ai sans doute dû la remonter moi-même.

À vrai dire, je ne m'en souviens plus.

Je n'en ai pas parlé à Maman. Miss Paschonelle a voulu savoir s'il m'avait ordonné de me taire. Mais la question était superflue. Je n'ai eu besoin de personne pour me décider.

*
* *

Monsieur et madame Hobbs sont arrivés de Winnetka peu avant la naissance de Stoppard. Madame Hobbs était jeune et jolie. Elle avait les mêmes taches de rousseur que son fils Peter, et sa peau était si fine qu'on voyait ses veines à travers. J'ai essayé de m'approcher tout près d'elle, ce qui l'a rendue nerveuse. Elle a eu un petit rire gêné et elle m'a dit : Linda, je veux que tu restes assise sur cette chaise et que pas un de tes muscles ne bouge.

Peter m'a empoignée et m'a plantée sur la chaise, si fort que j'en ai eu mal.

Ils ont discuté de ce qu'il convenait de faire.

Maman a dit que Peter devait l'épouser puisqu'il était le père de Stoppard.

Madame Hobbs a sauté sur l'occasion pour dire : Nous l'ignorons. Nous ignorons que Peter est le père de l'enfant. Vous êtes bien mariée à un autre homme, non?

S'il te plaît, Grace, a dit monsieur Hobbs. Laisse-moi m'occuper de ça.

J'ai seulement besoin de savoir, a dit madame Hobbs. C'est normal, non? Je veux dire que je suppose qu'elle avait des relations sexuelles avec cet homme qui est mort.

Monsieur Hobbs a fini par la faire taire. Puis il a expliqué que s'ils éprouvaient de la peine pour Maman, ils n'étaient pas réellement en mesure d'autoriser leur fils à l'épouser tout de suite. Peter était encore très jeune. Il devait terminer ses études. Une fois qu'il serait sorti de l'école de droit, il aurait toute liberté pour se marier avec qui il voudrait, mais pas maintenant.

De toute façon, quel âge a la petite? a demandé madame Hobbs. Six ans, sept ans? Sandra doit bien avoir dix ans de plus que Peter.

Maman a demandé à Peter s'il allait la laisser continuer à parler d'elle de cette manière. Il est devenu tout rouge. Mais, c'était clair, il n'osait pas affronter ses parents.

Peter a dit à Maman qu'il fallait qu'elle se montre raisonnable. Oui, ils se marieraient, mais ils devaient attendre encore. Tous les projets dont ils avaient discuté, c'était comme un jeu, des rêves sans aucune conséquence pratique.

Je le savais, a dit Maman. Depuis le début je l'ai su.

Ils sont parvenus à un accord, j'ai oublié lequel.

Monsieur et madame Hobbs aideraient Maman à assumer les charges financières qu'entraînerait la naissance de Stoppard, et puis ils verraient. Ils se sont abstenus de dire que Peter ne devait plus revoir Maman. Monsieur Hobbs leur demandait seulement d'être raisonnables et d'agir l'un et l'autre avec calme. Rien n'obligeait à hypothéquer imprudemment leur avenir, à lui et à elle.

J'imagine que si madame Hobbs avait pu déverser tout ce qu'elle avait sur le cœur, il y aurait eu un affrontement terrible, Maman et Peter auraient quitté la pièce en claquant la porte, et ils se seraient mariés. Mais monsieur Hobbs a fait taire sa femme et a gardé le contrôle de la situation. Il a continué à parler de la nécessité de ne pas brusquer les choses, de se préoccuper non seulement de l'avenir de Maman et de Peter, mais aussi de celui de l'enfant.

Après quoi, Maman n'a plus rien eu à espérer. Peter est revenu de temps à autre à la maison, mais, étant donné que son père avait tracé et organisé leur avenir commun, il ne leur restait plus grand-chose à se dire, sinon à se disputer à propos de madame Hobbs. Ils se sont séparés environ deux semaines après la naissance de Stoppard. C'est la dernière fois que je l'ai vu. J'ai été triste qu'il s'en aille, car il avait presque toujours été très gentil. Il m'avait emmenée au zoo Como. C'est un joli souvenir que je garde de lui.

Une fois Peter parti, son père a téléphoné pour dire que sa femme et lui avaient cessé de croire que Stoppard était leur petit-fils. Et qu'ils ne pensaient plus être à même de continuer à apporter une aide matérielle à Maman.

Maman a dit qu'elle allait porter l'affaire en justice, mais monsieur Hobbs n'a pas perdu son sang-froid. Il a répondu que c'était une excellente initiative et que le dossier avait tout intérêt à être jugé par un tribunal.

Pour finir, monsieur Hobbs a versé en liquide une certaine somme, assez modeste, à Maman. Il savait très bien que ses menaces, c'était des mots, rien que des mots, et que jamais elle ne lui ferait de procès.

Ensuite, les choses ont dégénéré. Maman avait abandonné l'université depuis un certain temps, et quand elle a eu épuisé l'argent que lui avait donné monsieur Hobbs, nous avons tiré la langue. Maman, en robe de chambre, restait assise, prostrée, fumant cigarette sur cigarette. Elle n'était même pas en état de s'occuper correctement de Stoppard. Elle a fait son cinéma quand l'infirmière de l'hôpital est passée nous voir. Elle s'était habillée proprement, un peu maquillée. Mais les autres jours, elle était en complète déprime.

Moi aussi, j'ai cessé d'aller en classe. Je ne voulais plus y aller et personne ne m'a forcée à le faire. J'étais debout devant la fenêtre qui donnait sur la rue et je regardais les autres enfants qui partaient seuls à l'école. Une fille du nom de Mary O'Brien s'est mise à faire des pirouettes et elle est tombée dans la neige, juste devant chez nous. Sans nous le demander, elle a façonné un ange avec la neige de notre cour. À peine avait-elle disparu que je me suis précipitée pour piétiner l'ange.

Il fallait aussi que je m'occupe de Stoppard, c'est pour ça que nous sommes si proches. Plus il grandissait, plus il était clair que Peter était son père, comme Maman l'avait toujours affirmé. Il avait les cheveux roux et des taches de rousseur sur le visage. Mais je ne dis pas ça à sa charge.

Pour le dîner, je préparais des œufs sur le plat. C'était ma spécialité. J'aimais voir se cloquer le blanc de l'œuf et je tâtais du doigt le jaune pour en connaître la consistance. Quand il était cuit à point, je posais l'œuf sur un toast, et je le dégustais. Une fois, j'ai découvert une goutte de sang à l'intérieur d'un œuf et je l'ai montrée à Maman. Elle l'a détachée avec son ongle et elle s'en est débarrassée sur le bord de l'assiette.

Maintenant je comprends ce qu'est la Vraie Paix et quel est le moyen de l'obtenir, elle a dit.

J'en ai eu des frissons, parce que la Vraie Paix n'avait strictement rien à voir avec cet œuf.

La seule chose que vous ayez à faire, elle a dit, c'est de *cesser de vous battre*. Si vous y arrivez, vous connaîtrez vraiment la paix.

Dans ce cas, j'ai dit, il ne faudra pas longtemps pour que tu meures de faim.

Par chance, Maman avait accumulé assez de produits et d'aliments pour bébé avant de cesser de se battre, comme elle disait, sinon la vie de Stoppard aurait été mise en péril. Il m'arrivait quelquefois, quand j'avais vraiment faim, de manger le contenu d'un de ses petits pots.

Voilà encore une chose dont j'ai honte. Mais ça n'a pas eu de conséquence grave, car la situation s'est améliorée avant que Stoppard ne soit effectivement privé de nourriture.

Tout a commencé le soir où j'ai essayé de vendre une lampe de bureau à des gens qui dînaient au 7-Eleven. Le serveur, un adolescent, s'est d'abord moqué de moi, et puis nous avons discuté. Une femme qui m'avait entendue lui parler m'a demandé d'où venait cette lampe. Je ne voulais pas lui répondre, mais elle m'a tannée jusqu'à ce que je lui dise que je l'avais prise chez nous.

Est-ce que ta mère est au courant? elle m'a demandé.

Je suis restée muette, mais la femme a insisté. Je ne me rappelle pas son nom, sinon qu'elle était étudiante en droit à l'université. Si j'avais besoin d'une aide juridique, je crois que je ferais appel à elle. Ha! ha!

Elle m'a raccompagnée à la maison et elle a frappé à la porte.

Je ne lui avais pas dit que nous habitions au deuxième étage. Elle a donc frappé à la porte d'Agnès Beauchamp. En ouvrant, Agnès était tout étonnée de nous voir. La femme a expliqué ce qui s'était passé, pourquoi elle était là.

Cette affaire me préoccupe beaucoup, elle a dit.

Agnès et elle sont montées. Elles ont trouvé Maman qui prenait ses aises dans son lit et Stoppard, enveloppé dans une couche usagée que j'avais fait sécher sur le radiateur. Le placard à provisions était vide.

À partir de maintenant, je prends les choses en main, a dit Agnès.

Elle nous a fait entrer dans son appartement et nous a donné à manger. Puis elle est allée au magasin acheter des couches neuves et des produits de première nécessité. Quand nous sommes rentrés, elle est montée s'entretenir avec Maman.

Elle lui a dit qu'elle allait téléphoner à Hibbing.

Si vous osez faire ça, je ne vous parlerai plus jamais, a dit Maman, mais Agnès a répondu qu'elle le ferait quoi qu'il arrive.

Vous reluquiez Charles Taylor, hein ? a dit Maman. Vous l'avez laissé vous peloter dans les coins chaque fois que vous l'avez pu, pas vrai ? Il a toujours aimé les filles qui n'ont pas de nichons. Eh bien, j'espère que vous avez pris votre pied, parce que maintenant que Charles Taylor est mort, vous pouvez vous asseoir dessus pour le reste de votre existence.

Eh bien, merci, Sandra, a dit Agnès. Vous me facilitez vraiment la tâche.

Elle a tourné les talons et elle a quitté la chambre.

Où tu vas ? j'ai demandé.

Je vais téléphoner à tes grands-parents.

Je ne savais même pas que j'avais des grands-parents.

C'est qui, mes grands-parents ? j'ai crié du haut de l'escalier.

Le docteur et madame Chester Hoeksema, de Hibbing, Minnesota, elle a crié elle aussi.

49

Le docteur et madame Chester Hoeksema, de Hibbing, Minnesota! Ça, c'était du sérieux et du solide. Je me les représentais déjà tels qu'ils devaient être. Le docteur, un monsieur imposant qui se déplaçait avec lenteur, et sa femme, la tête couverte d'un chapeau décoré de cerises.

Je me suis précipitée dans la chambre de Maman.

Agnès va téléphoner à ton papa et à ta maman, j'ai dit. Je connais leur nom. Le docteur et madame Chester Hoeksema, de Hibbing, Minnesota. Ils vont sans doute venir ici et s'occuper de nous.

Maman m'a dévisagée un long moment.

Ne nourris pas de vains espoirs, elle m'a dit.

Mais elle avait tort en ce qui concernait les Hoeksema. Nous allions être sauvés, pour un temps tout au moins.

3

Quand ton grand-père sera là, m'a dit Maman, tu l'appelleras docteur Hoeksema, tu as compris? Tu lui diras: Oui, Monsieur, non, Monsieur.

Elle a descendu une valise rangée sur l'étagère du placard. Elle l'a ouverte. À l'intérieur, il y avait des vêtements que je n'avais jamais vus.

Qu'est-ce que c'est que ça? j'ai demandé.

Ce sont mes vêtements, elle a dit. Les vêtements que je portais quand j'étais au lycée. Elle les a caressés et elle s'est mise à pleurer.

La paire de chaussures, je ne l'ai pas gardée, elle a dit. Elle était d'une beauté stupéfiante, et pourtant je l'ai jetée.

C'était une situation nouvelle qui l'obligeait au moins à sortir de son lit. C'était bien.

J'étais debout devant la fenêtre qui donne sur la rue, afin d'être la première à l'apercevoir quand il arriverait.

Qu'est-ce qu'il conduit comme voiture? j'ai demandé.

De qui tu parles?

Du docteur Hoeksema.

Je ne sais pas. D'habitude, il achète des Buick. Qu'est-ce que tu fais?

Je le guette.

Eh bien, il n'arrivera pas aujourd'hui. Tu pensais qu'il allait être ici aujourd'hui? Il n'arrivera que vendredi. Il y a une sacrée route d'Hibbing à ici.

C'est loin, Hibbing?

À des millions de kilomètres.

Avant d'entreprendre quoi que ce soit, il fallait déblayer notre véranda, descendre au rez-de-chaussée tous les détritus gelés par le froid et les empiler près de la poubelle, à côté de la porte d'Agnès qui donnait sur l'arrière de l'immeuble. C'est ce que j'ai fait.

Maman a emprunté vingt-cinq dollars et elle est allée chez le coiffeur à Dinkytown. Elle avait accroché à un cintre l'un de ses ensembles de l'époque du lycée pour le donner au teinturier.

Pendant son absence, Agnès est montée chez nous et nous avons nettoyé l'appartement. Elle a découvert une vieille chemise de Charles Taylor. Elle s'est assise au bord du lit et elle a enfoui sa tête dans la chemise.

J'ai vraiment beaucoup aimé ton père, elle a dit. Il avait ses problèmes, mais c'était un homme bon. Elle s'est mise à pleurer et m'a serrée dans ses bras.

Je me suis raidie. Par-dessus l'épaule d'Agnès, j'ai vu que Maman était revenue, et je ne voulais pas qu'elle me trouve dans les bras d'une autre personne. Elle se tenait dans l'encadrement de la porte et elle attendait qu'Agnès cesse de parler de Charles Taylor.

Eh bien, eh bien, elle a dit. Elle portait son

ensemble, à manches étroites et chemisier ajusté. Elle était magnifique.

J'ai fait un chèque en bois en achetant ces chaussures, elle a dit à Agnès, et elle nous en a montré une.

J'ai pensé que vous pourriez me faire don de l'argent qui couvre la somme.

D'accord.

Soyons claires. J'ai pensé que vous pourriez me faire don de cet argent parce que vous avez usé et abusé de Charles Taylor jusqu'à plus soif.

Je vous ai dit que j'étais d'accord.

Bien. Voilà au moins une chose positive que j'aurai obtenue de ce mariage.

Elle a tiré ses cheveux vers l'arrière, derrière les oreilles.

Regardez mes mains, elle a dit. Je tremble.

Nous sommes descendus avec Stoppard dans l'appartement d'Agnès. Maman voulait fumer une dernière cigarette.

Si mon père avait découvert que je fumais quand j'étais enceinte, j'en aurais entendu!

Vous croyez que vous pouvez vous arrêter?

Oui. Je n'ai même pas de plaisir à fumer cette cigarette.

Elle a regardé autour d'elle.

Parfois, cette période de ma vie me paraît être un long mauvais rêve, elle a dit.

Eh bien, maintenant, c'est fini.

Je veux repartir de zéro. Ça, je le veux vraiment. Vous savez que mon père souhaitait me voir suivre des études de médecine? J'en étais capable. Mais moi, j'étais persuadée que j'allais composer des chansons. Je crois que j'ai même imaginé que j'allais devenir une sorte de vedette de la chanson, une pop star. Oui. J'étais naïve à ce point.

C'est à cause de votre physique. La vie est difficile pour une fille quand elle possède un tel charme.

Vous savez que c'est vrai? On ne se rend pas compte à quel point on est vulnérable. Tout est là.

Nous faisons toutes des erreurs.

Oui, nous en faisons toutes.

Maman me regarde et plisse le nez.

Stoppard aurait-il sali sa culotte? Qu'est-ce que tu as amené ici pour lui? elle me demande.

Je suis remontée avec Stoppard, je lui ai changé sa culotte, et nous nous sommes installés devant la fenêtre. Une grosse voiture s'arrête dans la neige. Un homme en sort et examine la rue, à droite et à gauche. Il est voûté, porte une veste de laine à carreaux rouges et noirs. Il n'est pas corpulent comme je l'avais imaginé, et pourtant je sais qui il est.

C'est lui, je dis à Stoppard. C'est ton grand-père.

Cet après-midi-là, le docteur Hoeksema nous a tous embarqués à bord de sa voiture.

On ne va pas emporter plus de choses qu'on ne peut en mettre dans le coffre, il a dit. Alors, décidez-vous.

Ça va, ça va, a dit Maman. Je ne veux rien prendre.

Si notre solution est la bonne, il faut que tu abandonnes cette part de ta vie derrière toi.

Je sais, je sais, répond Maman. Mais elle pleure pendant tout le voyage jusqu'à Hibbing.

Regarde-moi, elle dit. Quel gâchis!

*
* *

Quand nous sommes arrivés à Hibbing, madame Hoeksema est sortie d'une maison basse, recouverte de neige, et elle m'a cherchée du regard sur la banquette arrière de la voiture. C'était une forte femme, et sa tête, étroite, était couverte de boucles blondes.

Embrasse bien ta grand-mère, dit Maman, mais la vieille femme s'écarte pour mieux m'observer.

Quel teint superbe! elle fait. Elle n'aura jamais besoin de crème solaire.

C'est vrai, dit Maman. Elle n'a jamais eu de problème avec sa peau. Toujours lisse et douce.

Parce qu'elle est huilée. Oui, eh bien, les boutons, ils viendront plus tard. Cette peau huilée... Elle a dû hériter ça de la famille de son père.

Oui, je suppose que oui.

Oui...

Elle se tourne brusquement vers Stoppard.

Regarde, Mère, dit Maman. Elle enlève la casquette de Stoppard. Le duvet brun, il l'avait à sa naissance. Mais regarde comme ses cheveux deviennent d'un joli blond roux.

Il ne ressemble pas du tout à un Indien, dit madame Hoeksema. Je n'ai jamais vu un bébé indien avec des cheveux roux.

Si, dit Maman. J'en ai vu un en photo dans le *National Geographic Magazine.* Ce n'est pas courant, mais ça arrive.

Eh bien, fait madame Hoeksema, voilà autre chose! Regarde la peau de son crâne, elle est toute squameuse. Qu'est-ce que tu as bien pu lui mettre comme produit?

J'ai tout essayé. Je ne sais plus quoi faire.

Je suis certaine que tu n'as pas utilisé les flacons de chez Johnson's. Tu t'es contentée d'une marque ordinaire de shampooing pour bébé, non?

Je ne sais pas. Peut-être.

Elles se dirigent vers la salle de bains et s'apprêtent aussitôt à baigner Stoppard. Pendant qu'elles le déshabillent sur le lit, madame Hoeksema lui lève les jambes et regarde son sexe.

Bonté divine! elle fait.

Quoi?

Rien. Ton frère n'était pas tout à fait comme ça.

Oui, Bobby était circoncis. C'est moi qui ai décidé de ne pas faire circoncire Stoppard.

Tu penses vraiment que c'est une bonne idée? C'est plus difficile de cette manière de le tenir propre, si tu ne veux pas qu'il ait des infections. Est-ce que le docteur te l'a expliqué?

Il m'a dit qu'en fait il n'existait pas de raison sérieuse pour le faire circoncire.

Ils se tripotent davantage quand ils restent comme ça. Je suppose que tu le sais.

C'est un bobard. De toute manière, ils sont toujours en train de se tripoter.

J'ai ensuite demandé à Maman ce qui était arrivé à son frère. Elle m'a dit que, quand il était bébé, on lui avait ôté un petit morceau de peau de son pénis. Et que ç'avait été une opération mineure qui n'avait pas coûté beaucoup d'argent.

Est-ce qu'il habite près d'ici? j'ai fait. Je m'étais dit que je pourrais lui demander de me montrer son zizi pour le comparer avec celui de Stoppard.

Non, a dit Maman, il vit là-bas, à Duluth.

À Hibbing, la nourriture était bonne, mais pas très relevée. Au dîner, nous mangions des tranches de saumon et du tapioca comme dessert.

Le docteur Hoeksema prenait du céleri pour faciliter sa digestion.

Vous savez, dit Maman, je pense que Linda a les mêmes yeux que ceux de tante Ruth.

Je me suis levée pour que tout le monde voie mes yeux.

Un instant, madame Hoeksema me dévisage.

Les yeux de Ruth sont verts, elle dit.

Oui. Je sais. C'est ce que je veux dire. Les yeux de Linda me rappellent les siens.

Je ne comprends vraiment pas pourquoi. Les yeux de Linda sont bruns. Pas verts.

Un tout petit peu verts.

Oh, tu es libre de penser ce que bon te semble!

Ils sont noisette, dit Maman, et elle commence à pleurer.

Le docteur Hoeksema essaie de calmer tout le

monde. Elle a des yeux très inhabituels, je dirais volontiers qu'ils sont fauves.

Après le dîner, il m'a assise sur ses genoux et il m'a montré l'album de photos.

Quand elle était au lycée, Maman faisait partie des majorettes et elle était l'une des dauphines de la reine de l'année. Elle aurait pu prétendre à être elle-même la reine, mais le jury a été obligé d'attribuer la couronne à cette fille qui était atteinte de poliomyélite.

Elle s'appelait Carol Bloomberg. La voilà, dit le docteur Hoeksema. Il pointe du doigt une fille dans l'album. Elle porte une robe bleue et se tient près d'un garçon. Elle a des cannes métalliques et s'y appuie les coudes. Son chemisier les dissimule, mais elles sont là, les cannes, quand on regarde bien.

Le docteur Hoeksema dit qu'elle a été la dernière à Hibbing à être victime de la polio. Un accident vraiment inexcusable, car le vaccin était déjà en circulation. Mais ses parents, le couple de juifs qui tenait la boutique de vêtements sur Main Street, se fichaient des questions de santé. L'unique raison pour laquelle leur fille a été élue reine, c'est qu'elle avait la polio.

Ne dis pas ça, ce n'est pas juste, fait Maman. Carol Bloomberg était vraiment populaire et elle méritait d'être reine.

Madame Hoeksema avait commencé de tricoter un chandail pour Stoppard. De couleur bleu garçon.

Après tout, tu as peut-être raison, elle dit. Carol est aujourd'hui avocat à Saint Paul et elle est mariée à l'homme qui possède la plus grosse concession Pontiac dans tout le Midwest.

Qu'est-ce que tu insinues par là? lui demande Maman.

Je n'insinue rien. Je disais simplement que j'étais d'accord avec toi.

Maman fait la moue. Je me lève et je vais l'embrasser, mais elle me repousse.

Qu'est-ce que tu veux encore?

Elle se plaint de moi à madame Hoeksema.

Elle passe son temps à se coller à moi, elle dit. Parfois, je n'arrive même plus à respirer.

Tss-tss, fait madame Hoeksema. Elle est du genre à se cramponner aux autres. On en voit qui sont comme ça.

Maman me force à me retourner et elle me donne une claque sur les fesses.

Rends-toi donc utile et va voir si Stoppard n'a pas fait tomber ses couvertures en remuant.

À Hibbing, nous occupions une maison entière. Dans la campagne. Le garage était prévu pour deux voitures, mais il n'en abritait qu'une. Le docteur Hoeksema rangeait son bateau à moteur, monté sur châssis, de l'autre côté du garage. Il y avait aussi un petit motoculteur. J'espérais bien pouvoir le conduire et tondre le gazon quand le printemps serait là, mais le docteur Hoeksema a dit non. La tonte du gazon, il se la réservait.

Ils m'avaient fourrée seule dans une chambre. C'était la première fois que j'avais une chambre pour moi seule, mais je n'avais pas encore compris l'intérêt que ça représentait. Je voulais dormir avec Maman et Stoppard dans la chambre d'ami.

Non, a dit madame Hoeksema. C'est contraire à l'hygiène.

Elle m'a accompagnée jusqu'au bas de l'escalier étroit.

Pour le moment, voilà ta chambre, elle a dit. Et je te prie de ne pas faire de commentaires.

Elle s'est penchée vers moi, et avec le pouce et l'index elle m'a tordu l'oreille. Elle faisait ça chaque fois qu'elle était sûre de n'être vue par personne.

La chambre était située au sous-sol, ce qui n'avait rien de dramatique. La maison avait été bâtie sur une colline, et le sous-sol possédait des fenêtres et une grande porte sur l'arrière. Vu sous cet angle, on ne se doutait même pas qu'il s'agissait d'un sous-sol. De ma fenêtre on découvrait toute la vallée, et la vue était plaisante. Le vrai problème était ailleurs. Cette chambre ne m'appartenait pas vraiment. C'était la chambre de Robert Hoeksema.

Celui à qui l'on avait partiellement découpé le zizi.

Il ne fallait toucher à rien dans cette chambre. Des posters d'actrices étaient punaisés au mur – Jane Fonda en Barbarella.

Il y avait aussi des maquettes d'avion et une guitare électrique. Sous l'abattant de son bureau se trouvait une sorte de tiroir secret où s'empilaient de vieux numéros de *Playboy*. Dans l'une des revues, ils avaient publié une photo de Linda Lovelace, le crâne rasé et une cicatrice lui barrant le ventre. Je regardais de temps à autre ces numéros de *Playboy*, ce qui me procurait des pensées troubles. Mais le rapport de Miss Paschonelle en fait état, et il est inutile que j'en parle ici.

Il y a pourtant une chose que je ne lui ai pas racontée. J'ai volontairement détruit une des maquettes d'avion de Robert Hoeksema. Elle était faite en bois de balsa et recouverte de papier pelucheux. Il y avait un petit trou dans le papier, sur une aile, et j'y ai enfoncé la pointe d'un trombone que j'avais tordu. J'ai recommencé ça chaque jour, pendant environ une semaine. Tandis que j'étais assise à l'école, je pensais à ce trou que j'agrandissais et je n'avais qu'une seule hâte, rentrer à la maison pour continuer mon travail destructeur. Mais, en même temps, cette pensée me rendait malade. Le trou a continué à grandir. Jusqu'à ce samedi où, personne n'étant en vue, j'ai tout brisé. Je tenais la maquette serrée très fort contre moi sous la table et je l'ai lentement écrasée. J'ai failli m'étouffer en faisant ça, mais il m'était impossible de m'arrêter. J'ai eu peur d'être démasquée si je jetais les débris dans la poubelle. Je les ai donc cachés juste derrière la machine à laver.

Robert est arrivé à Pâques. J'ai fixé mes yeux sur son pantalon, là où la chose était censée exister, mais je n'ai rien trouvé d'anormal. Je me suis rendu compte qu'il me serait impossible de lui demander de me montrer ça, car à l'évidence il était maintenant devenu un adulte. Il avait une femme et deux petites filles, aux maigres cheveux blonds. Sa femme avait apporté une casserole remplie d'un mélange de patates douces et de pâte de guimauve.

J'avais peur que Robert remarque la disparition de l'une de ses maquettes d'avion et pique une crise. Mais rien de la sorte ne s'est produit. Dès le début, il a été aimable avec moi. Il est venu voir la chambre et il m'a dit : Pourquoi tu ne la débarrasses pas de ces vieilleries ?

Madame Hoeksema a dit qu'elle voulait conserver la chambre exactement dans l'état où elle se trouvait quand son fils était au lycée.

Cette chambre, Mère, ce n'est pas un musée, il lui a répondu. Et il a jeté dehors un certain nombre de vieilles choses, y compris les posters. Il n'a pas demandé que je quitte la chambre. Sa femme, ses filles et lui ont passé la nuit dans la salle de jeux. Le lendemain matin, au petit déjeuner, ils ont mangé des céréales et ils sont rentrés par la route à Duluth.

Les numéros de *Playboy* sont partis avec lui. J'étais soulagée de n'avoir plus à être tentée par eux et, en même temps, j'en étais triste.

Madame Hoeksema m'en a voulu qu'on ait jeté les posters. Elle n'était sans doute pas au courant pour les numéros de *Playboy*.

Elle a dit que, même si cela ne me convenait pas, tout devait redevenir comme avant. Ils allaient partir pour un petit voyage d'agrément à Hawaii, tous ensemble, avec Stoppard et les deux filles de Robert Hoeksema.

Quant à moi, elle m'a suggéré de disparaître, mais je n'avais aucune envie de lui faire ce plaisir.

Miss Paschonelle se demande si, à ce point de mon récit, ma mémoire ne m'aurait pas joué un tour. Mais non, tout cela est vrai. Nous nous trouvions dans la laverie en train d'utiliser un produit adoucissant pour le linge.

Est-ce que tu as jamais songé à aller voir ton autre grand-mère ? elle m'a demandé.

Quelle autre grand-mère ?

Eh bien, ta grand-mère indienne. Ce serait ta place naturelle, là-bas. Avec les gens de ta race. La prochaine fois que tu auras le cafard, tu ne pourrais pas décamper et aller la retrouver, non ? Est-ce que tu y as jamais songé ?

C'est ce qu'elle m'a dit.

Je suis retournée à l'école. Je prenais un car scolaire qui s'arrêtait à côté de la boîte à lettres, devant la maison. Je m'y suis fait une amie. Elle s'appelait Sara Anderson, et j'allais jouer chez elle aussi souvent que possible.

Sa mère ne travaillait pas. Elle rangeait la cuisine après le petit déjeuner et elle appelait ses amies au téléphone. Elle m'avait à l'œil et elle m'apprenait les bonnes manières.

Linda ? Que fais-tu quand un adulte entre dans la pièce ?

(Tu te lèves.)

Linda ? Que lui dis-tu ?

(Bonjour, madame Anderson.)

Elle m'a vue me gratter les pieds et verser du talc entre mes orteils. Elle m'a donné une paire de chaussettes propres qui appartenait à Sara. J'ai commencé alors à m'attacher à elle, mais elle a dit au père de Sara qu'elle n'avait pas envie de me voir tourner tout le temps autour d'eux. Elle craignait que j'aie une mauvaise influence sur Sara.

Ça m'a beaucoup troublée.

Pendant un moment j'ai essayé de rompre avec Sara, mais je n'y ai pas réussi. Je l'aimais trop. Si bien que j'ai continué à aller la voir chez elle, mais je me sentais vraiment malheureuse.

Elle avait un frère aîné qui s'appelait Johnny Anderson. Il avait sa chambre à lui. Quand il n'y était pas, nous y entrions et nous examinions ses tiroirs. Le tiroir du dessus était rempli de paires de chaussettes blanches. Je lui en ai volé une, au moment où personne ne regardait. Je l'ai rangée dans le tiroir intérieur secret du bureau où Robert gardait ses *Playboy*. J'y ai mis aussi la paire de chaussettes de Sara, celle que je portais à la maison, avec du talc à l'intérieur. Des fois, je m'asseyais dans la chambre de Robert Hoeksema et je me racontais que Johnny Anderson était mon frère aîné et qu'il allait bientôt revenir de l'école. Quand il arrivait, il me trouvait en train de tripoter ses chaussettes.

Tu mérites d'être fouettée, il me dit. Il m'oblige à m'allonger sur le ventre et il me donne une bonne fessée.

Vous pouvez constater que j'en pinçais pour le frère de Sara. Mais il n'a même jamais su que j'existais.

Maman est rentrée du Red Owl. Elle avait trouvé du travail là-bas comme caissière.

Devine qui j'ai vu aujourd'hui, elle demande à sa mère.

Qui?

Monsieur Bloomberg! Le père de Carol Bloomberg. Sa femme est morte. Tu le savais?

Madame Hoeksema cherche à se rappeler. Elle préparait une salade composée et elle m'avait donné à peler des grains de raisin.

J'ai vu effectivement ça quelque part, elle répond. Je croyais qu'ils étaient partis en Floride et qu'elle était morte là-bas.

Oui. À Saint Petersburg. Il est revenu juste pour régler une affaire immobilière. Je lui ai demandé des nouvelles de Carol et il m'a appris qu'elle attendait son troisième enfant. Elle a dû rester allongée pendant six mois, du fait de sa polio.

Madame Hoeksema a dit que les handicapés ne devraient pas avoir le droit de procréer. Elle était aussi très remontée contre la délinquance juvénile. Elle connaissait un moyen d'empêcher toutes ces filles du ghetto de tomber enceintes, mais ce n'était pas quelque chose qu'une oreille enfantine était supposée entendre.

Monsieur Bloomberg est venu jusqu'à la maison et il a rejoint le docteur Hoeksema sous l'auvent de la véranda. Le docteur dégustait son cocktail du soir, et il a été obligé de demander à monsieur Bloomberg s'il voulait en boire un lui aussi. Monsieur Bloomberg a répondu qu'il ne disait pas non. Il a dit qu'il retournerait en Floride dès que son affaire serait réglée.

Dans combien de temps?

Bientôt.

On a fini par comprendre que monsieur Bloomberg était venu pour proposer à Maman de l'emmener au cinéma. Pendant qu'elle se préparait, il a parlé au docteur Hoeksema d'un bon placement financier. Nucor Steel.

Une fois que Maman et lui ont été partis, le docteur Hoeksema a dit : Ce furent les dix minutes les plus embarrassantes de toute mon existence. Cette fille, vraiment, qu'est-ce qui lui prend ? Cet homme est plus vieux que moi.

À l'école, c'est Sara qui a eu l'idée. Si nous échangions nos vêtements ? On verrait ce qui se passerait. Et nous l'avons fait. Nous avions à peu près la même taille.

Monsieur Keller, notre professeur, n'a rien remarqué. Toute la classe était au courant, sauf lui.

Tu as un joli pull-over aujourd'hui, Linda, disait-il, et la classe pouffait de rire.

L'échange des vêtements est devenu ensuite une véritable folie. Entre les filles. Les garçons, eux, sont restés en dehors de ça.

Une fois, j'ai fait l'échange avec trois filles en une seule journée. Monsieur Keller sentait bien qu'il se passait quelque chose d'insolite, mais il n'arrivait pas à savoir quoi.

D'habitude, nous récupérions nos vêtements à la fin de la journée, mais certaines fois nous ne l'avons pas fait, et il y a des mères qui n'ont pas mis longtemps à découvrir nos échanges.

L'une d'elles est allée se plaindre, et le proviseur a adressé une note au domicile de toutes les filles. Il espérait que les parents aideraient l'école à mettre un terme à cette lubie si contraire à la bienséance féminine.

Tu as fait ça, toi aussi ? a demandé Maman.

Oui.

Eh bien, tâche de ne pas recommencer.

D'accord.

Je suis sortie et je me suis installée dans les agréables branches d'un hêtre, à l'arrière de la maison.

Maman m'a appelée et elle m'a obligée à revenir.

Une minute, s'il te plaît. Qui t'a demandé de faire ça ?

Sara.

Personne d'autre ?

Non.

Bien. Et ne recommence pas. Une des mères a fait un scandale à l'école.

Oui, je sais, madame Miller.

Cassandra Miller était rentrée chez elle avec la culotte de Susan Jenkins. Sa mère l'avait découvert à cause du nom qui était marqué à l'intérieur.

Je n'avais jamais entendu une chose pareille. Nous n'étions pas censées échanger nos sous-vêtements, mais seulement nos habits extérieurs.

Cassandra n'a même pas pu reprendre sa culotte, car Susan l'a brûlée quelque part dans les bois, le jour où la tempête s'est mise à souffler.

Une femme est arrivée à l'école. Habillée en bleu pastel. Je l'ai vue qui parlait au proviseur dans le hall. Elle tenait une corde élastique à la main.

Elle s'est installée dans une pièce entièrement aveugle, comme s'il était interdit de voir ce qui s'y passait. Quelqu'un vous appelait, on vous faisait quitter la classe, et vous deviez aller jusqu'à la pièce sans fenêtres.

Juste devant moi, Susan Jenkins en est sortie en larmes. Elle a couru tout le long du hall, avec de drôles de petits pas saccadés, comme si elle avait très envie de faire pipi. Sa jupe voletait et on pouvait voir ses dessous. Je me suis dit qu'elle venait d'être fouettée, et que c'était la raison pour laquelle cette femme s'était installée là. Pour nous fouetter avec la corde élastique.

La femme m'attendait, les mains croisées. Elle m'a dit son nom, mais je l'ai oublié. Elle m'a posé des questions sur ma famille, notre maison, le temps qu'il faisait à Hibbing, et nous sommes passées aux choses sérieuses.

Où avez-vous échangé vos vêtements, vous et vos amies ?

Dans le vestiaire des filles.

Ça ne s'est pas passé dans la classe ?

Idée absurde, à cause des garçons à côté de nous, mais elle ne semblait pas s'en rendre compte.

Vous vous souvenez de ce jour **où vous êtes restées** après la classe pour répéter le programme de la fête de printemps ?

Oui.

Sept d'entre vous étiez là, n'est-ce pas ?

Elle a lu à toute allure une liste de noms, qui m'a semblé exacte.

Cette fois-là, avez-vous échangé vos vêtements?

Non.

Vous ou les autres filles?

Non.

Bien. Quelqu'un a-t-il proposé un jeu quelconque? De se déguiser, par exemple? Ou bien un jeu où l'on se déshabille?

Le fait d'enlever ses vêtements, c'était vraiment sa marotte.

Voyons cela sous un autre angle, elle a dit. Vous vous souvenez de ce jour où vous avez répété?

Oui.

Vous vous souvenez quand vous avez enlevé vos vêtements? Est-ce que quelqu'un vous a alors touchée d'une manière qui vous a paru suspecte?

Non.

Bien. Qui vous a touchée? Est-ce que monsieur Keller vous a touchée?

Non. Il ne l'a pas fait.

Bien. Qui l'a fait? Ne vous inquiétez pas, Linda. Vous n'avez aucun raison d'avoir peur. Est-ce que quelqu'un vous a touchée?

C'était pendant la danse des fleurs.

La quoi?

La danse des fleurs.

Intéressant. Était-ce un exercice que monsieur Keller vous avait demandé de répéter?

Oui.

Est-ce lui qui vous a touchée?

Non, je ne pense pas.

Qui vous a touchée?

Sara. Nous dansions.

Je vois. Quelqu'un a-t-il demandé à Sara de vous toucher?

Nous dansions.

Je vois. Est-ce que monsieur Keller a dit à Sara de vous toucher?

Oui.

Elle a noté ça, et je n'ai pas été fouettée.

*
*   *

Je suis revenue voir Sara, et sa mère m'a empêchée d'entrer dans la maison.

Toi, Linda, tu retournes chez toi. Et tu ne remettras plus les pieds ici.

Pourquoi?

Je pense que tu le sais très bien, Linda. À ta place, j'aurais honte. Nous avons essayé d'être gentils avec toi. Et voilà le résultat!

En m'éloignant, j'apercevais Sara qui me regardait depuis la fenêtre. Je voyais la tête de Sara, les yeux de Sara, ouverts grands comme des citrouilles. Le reste de son corps semblait avoir été englouti. Quand elle s'est rendu compte que nous nous regardions, la mère s'est approchée de la fenêtre et elle a fait disparaître sa fille.

Par la suite, j'ai revu Sara, mais nous étions à distance l'une de l'autre.

Je suis revenue à la maison et j'ai grimpé aux branches du hêtre, dans l'arrière-cour. J'ai décidé que je n'irais plus à l'école. Je ne voulais plus raconter ma vie à la femme en bleu pastel. J'ai décidé qu'à la place je lui demanderais de me fouetter.

Maman est sortie dans la cour et elle m'a cherchée.

Descends et viens ici, elle a dit. J'ai à te parler.

Non, j'ai dit, non. Et elle est rentrée à l'intérieur de la maison.

Elle en est ressortie quand l'obscurité du soir a commencé à tomber.

Linda ? Descends tout de suite et viens ici. Il y a eu du nouveau et nous devons en parler, toi et moi.

Je ne savais pas que le fait d'échanger des vêtements était une faute, j'ai dit. Ce n'était qu'une plaisanterie.

Je me moque de ça. Monsieur Bloomberg et moi, nous allons nous marier.

Quoi ?

Monsieur Bloomberg et moi, nous allons nous marier. Nous partons tous pour la Floride.

Moi et Stoppard aussi ?

Oui. Maintenant, est-ce que tu voudrais bien descendre ? Je n'ai pas envie de hurler mes nouvelles jusqu'au sommet des arbres.

Je suis descendue de ma branche. Il me faut dix minutes pour faire ma valise et être prête à partir. C'est ce que je lui ai dit.

Madame Hoeksema se trouvait dans la salle à manger tout illuminée. La lumière était si intense que je n'arrivais pas à bien la voir.

Je ne comprends pas pourquoi il lui est impossible d'épouser quelqu'un de sa race, elle a dit. Une seule fois.

Écoute, Mère, a dit le docteur Hoeksema, nous

appartenons tous au genre humain. Il semblait de meilleure humeur que sa femme, et il savait qu'il allait être débarrassé de nous pour de bon. Du moins il l'espérait.

Madame Hoeksema ne voulait pas laisser partir Stoppard. C'était là le problème.

Mais pourquoi tu ne laisses pas le bébé ici? elle a demandé. Sans lui, tu pourrais prendre du bon temps.

C'est ce que tu voudrais, Mère, n'est-ce pas? Tu as toujours aimé Robert plus que moi. Eh bien, cette fois, tu n'auras pas Stoppard.

Monsieur Bloomberg est arrivé au volant d'une grosse Cadillac couleur bleu saphir, avec des sièges en cuir blanc. Je suis montée sur la banquette arrière. Il a appuyé sur un bouton et le toit s'est ouvert.

Prêts à l'avant? Prête à l'arrière?

Oui, je lui ai dit. Oui, je suis prête.

Nous avons démarré sur les chapeaux de roues. Au cœur de la nuit. Maman était assise à côté de lui. Elle tenait Stoppard serré sur sa poitrine. Le vent fouettait sa chevelure qui semblait voler autour de sa tête. Elle a mis un foulard. Je me suis penchée et j'ai regardé les étoiles. Elles étaient plus nombreuses, cette nuit-là, que toutes celles que j'avais jamais vues.

4

Lorsque je lui ai dit que je n'avais jamais nagé de ma vie, monsieur Bloomberg n'a pas voulu me croire.

Jamais?

Non. Pas une seule fois.

Nous sommes montés en voiture et nous sommes allés jusqu'à un magasin de Saint Petersburg. C'était un local sombre, tout en longueur. Une vieille femme qui portait des lunettes de soleil s'est occupée de nous. Elle m'a jaugée du regard et elle a dit: Elle fait du huit ans. D'un simple coup d'œil elle pouvait dire quelle était ma taille. Elle a sorti plusieurs maillots de bain susceptibles de me convenir, et pendant que je les comparais, elle s'est mise à parler du cancer de la peau avec monsieur Bloomberg. Elle lui a montré une tache sur son bras. Est-ce que ça pourrait être cancéreux? elle a demandé. Ça s'est mis à saigner hier, sans aucune raison.

La vieille s'inquiète énormément à propos du cancer, il m'a dit ensuite. On n'en guérit pas.

*
*   *

J'ai appris à nager dans la piscine qui se trouvait derrière la maison de monsieur Bloomberg. Elle n'était pas grande. À peu près dix mètres de long. Mais ça suffisait. Je plongeais et je barbotais comme un petit chien, jusqu'au jour où j'ai pris confiance. Je n'ai pas eu d'autres occasions de m'entraîner, mais aujourd'hui je nage bien. Je n'ai absolument peur de rien.

Parfois nous allions jusqu'à la plage. Maman restait assise à l'ombre avec Stoppard, mais monsieur Bloomberg et moi, nous faisions les cent pas le long du rivage. J'étais déjà bien bronzée.

Nous ramassions des coquillages. Des petits coquillages, car les gros avaient tous disparu. Il me disait que le monde aquatique agonisait à cause de la pollution.

Personne n'y fait attention, il a dit. Il faut avoir de l'expérience pour s'en rendre compte.

Il a montré des ondulations dans l'eau.

C'est un contre-courant, il a dit. Un contre-courant peut t'emporter et te noyer si tu avances au mauvais endroit. Il connaissait un cas de noyade de ce genre. Un sélectionné olympique, qui était persuadé qu'il ne risquait rien, lui le formidable nageur. Mais la marée l'a happé et l'a englouti.

Monsieur Bloomberg et moi, nous entrions dans la mer seulement jusqu'aux chevilles. Je sentais l'eau qui aspirait le sable sous mes pieds. Si jamais j'étais happée, les gens sur la plage ne seraient pas d'un grand secours. Ils se mettraient tous à crier en courant le long du rivage.

Sur une île de la baie, au large, on voyait des maisons basses et neuves, avec des toits blancs. Monsieur Bloomberg a expliqué qu'elles seraient soufflées comme fétus de paille au prochain ouragan.

Nos maisons aussi ?

Oui.

Et quand ?

Bientôt. Il est annoncé depuis longtemps.

On nous donnera plein d'avertissements, a dit Maman. On nous évacuera, si jamais cela devait arriver.

J'ai dit oui, mais je ne la croyais pas vraiment. Qu'est-ce qui se passerait si l'ouragan surgissait pendant que j'étais seule avec Stoppard ? J'ai finalement décidé que, s'il fondait sur nous, j'empoignerais Stoppard, je courrais jusqu'à la marina à côté du Port O'Call Motel, et je sauterais avec lui dans un bateau. Je n'ai pas réussi à trouver une meilleure solution.

J'ai aperçu d'autres enfants sur la plage, mais j'étais trop timide pour aller leur parler. J'attendais avec impatience de rentrer en classe.

Nous avons vécu trois années en Floride. Les deux premières furent réellement de bonnes années. À l'école, tout semblait aller pour le mieux. J'obtenais des résultats satisfaisants dans les différentes matières. Physiquement, alors que j'étais un gros tas à Hibbing, j'avais beaucoup grandi et mon allure générale était devenue plutôt plaisante.

Nous nous sommes tout de suite entendus à merveille, monsieur Bloomberg et moi. Je me suis intéressée aux mécanismes boursiers et il m'a acheté quelques actions pour que je puisse suivre leur évolution. La première fois que leur cours a baissé, j'ai été tentée de les vendre, mais il m'a expliqué que ç'aurait été commettre là une erreur courante.

Ce placement repose sur des bases saines, il a dit, et sa valeur ne peut que se consolider. La chute de son cours est due à des facteurs inflationnistes occasionnels. Elle n'a rien à voir avec la surface financière et le poids économique de la société en question. Donc, on tient bon! Vendre au plus haut des cours et acheter au plus bas. C'est là, semble-t-il, une règle de bon sens, mais si tu observes les méthodes d'investissement de la plupart des boursicoteurs ordinaires, tu constateras qu'ils font exactement le contraire. Ils achètent des titres dont la cote grimpe, puis ils paniquent et vendent au moindre réajustement à la baisse.

Chaque matin, au petit déjeuner, il lisait le *Wall Street Journal*, et nous décidions des ordres à passer en Bourse pour la journée. Il appelait son agent de change dès que j'étais partie à l'école. Le soir, à mon retour, nous avions quartier libre.

Nous avions l'habitude d'aller au Port O'Call pendant les *happy hours*. J'adorais ça. Le garçon m'apportait un Coca que recouvrait une petite ombrelle ornée d'une cerise.

Les amis de monsieur Bloomberg aimaient nous retrouver et s'asseoir à notre table. Monsieur Fine et monsieur Shirmir.

Monsieur Fine possédait un briquet Zippo qu'il posait sur la table à côté de ses cigarettes. Le briquet était décoré d'une ancre marine au-dessous de laquelle était inscrit le nom d'un bateau. Le *USS Tarpon*. Un torpilleur. Pendant la dernière guerre, monsieur Fine avait servi à son bord sur le théâtre des opérations du Pacifique. Il ne parlait jamais de ses expériences militaires.

Sais-tu ce qu'est une ancre surjalée ?

Non, monsieur.

C'est quand sa chaîne s'est engagée sous le jas et a fait un tour par-dessus.

C'est dangereux ?

Ça peut être mortel.

Oh! j'ai dit.

Monsieur Shirmir avait un œil de verre. Il menaçait de l'enlever et de le laisser tomber dans son Martini.

Non, ne faites pas ça.

Si, je vais le faire.

Non, ne faites pas ça.

Qu'est-ce que tu me donneras si je ne le fais pas ?

Un baiser, j'ai dit.

Je n'avais pas besoin des leçons des adultes pour savoir comment me conduire.

Ils me demandaient mon avis sur les titres, les transactions boursières.

Monsieur Shirmir songeait à acheter des actions courantes de la General Motors.

Qu'est-ce que tu en penses, Linda ?

Oh, j'ai répondu, je ne crois pas qu'acheter de la General Motors soit un bon placement à l'heure actuelle. Vous avez vu le montant de leur endettement ? Le récent accord syndical qu'ils ont signé va leur coûter un milliard de dollars.

Monsieur Shirmir s'est assis et il a fait la grimace.

Faut y penser, il a dit. Oui, faut y penser.

J'étais la fille d'Arthur. C'est ainsi que m'appelaient

les deux vieux messieurs. Arthur, le prénom de monsieur Bloomberg. Arthur Bloomberg.

Le soir, depuis la porte de la chambre, je le regardais se préparer à se mettre au lit. Il ôtait d'abord ses chaussures, puis ses chaussettes. Et il tortillait ses doigts de pied.

Enfin libre, il disait. Grâce à Dieu tout-puissant, enfin libre !

Une fois son pantalon enlevé, on apercevait une épaisse lanière de cuir tendue par-dessus son caleçon.

C'est quoi, ça ? j'ai demandé.

Un accessoire, une sangle abdominale.

Une quoi ?

Un bandage herniaire, il a dit. Un appareil pour comprimer le ventre.

Maman est arrivée sur ces entrefaites, et elle m'a poussée hors de la chambre.

Tu devrais être au lit depuis longtemps, elle m'a dit.

Je savais que Maman n'était pas aussi heureuse que je l'étais, mais je ne voulais pas en tenir compte. J'étais heureuse, moi. Je refusais de l'entendre quand elle semblait me demander de l'aide. J'avais beaucoup trop à faire.

Il m'est impossible de revenir sur tout ça.

Miss Paschonelle dit que c'est normal, mais je n'en sais rien.

Maman a commencé à boire beaucoup, pour la première fois de sa vie. Pour moi, boire beaucoup, c'est quand on boit seule. En Floride, tout le monde est toujours en train de siroter de l'alcool avec tout le monde, mais Maman, elle, avait pris l'habitude d'emporter sa vodka et son gin tonic et de s'isoler près de la piscine, si bien que personne ne pouvait voir ce qu'elle buvait.

Monsieur Bloomberg a essayé de la raisonner, elle a éclaté en sanglots. Ils sont rentrés dans leur chambre et ils ont fermé la porte, mais je les ai suivis et je les ai écoutés.

Il n'y a strictement rien d'intéressant à faire ici pour moi, elle a dit. Ma vie est un désert. Tout le monde est si vieux. Toi aussi, tu es si vieux.

J'ai peur que rien ne puisse changer de ce côté-là, Arthur a répondu. Mais à propos, le lycée? Tu n'avais pas dit que tu voulais retrouver l'enseignement?

Et alors, quel rapport? Comment réussir à se faire ici le moindre ami? Les gens me regardent et voient une vieille femme mariée. Je n'ai plus aucune ouverture sociale. Est-ce que tu t'en rends compte? Vous me paralysez. Les gosses. Toi. J'ai perdu ma liberté. Je suis totalement votre esclave. C'est insupportable.

Quand j'en ai eu assez d'écouter, j'ai frappé à la porte.

Est-ce que je peux utiliser votre lavabo? Il y a une couche qui trempe dans le mien.

Ils ont été obligés de se taire.

Parfois, j'imaginais qu'elle avait un accident de voiture. Elle franchissait, par exemple, la rambarde d'un pont et venait s'engloutir dans les eaux de la baie. Il n'y avait plus alors que monsieur Bloomberg, moi et Stoppard. Je pensais que tout serait parfait si une telle éventualité se produisait.

C'était une chose terrible à souhaiter. Je le savais. J'avais à lutter avec moi-même. Je voulais formuler ce souhait, et puis je revenais en arrière, tellement il était terrible. Mais finalement, j'ai réussi à le sortir de moi, ce souhait.

Elle était ivre, sur le patio. Elle a vomi, elle a glissé et elle s'est tordu la cheville.

Linda ? Tu peux m'aider ? Je suis tombée, elle a dit.

J'ai pris le bébé et je me suis enfermée dans la buanderie, près de la cuisine, là où se trouvaient les appareils de chauffage et de conditionnement d'air. Personne n'y allait.

Je me suis assise à même le sol et j'ai serré Stoppard tout contre moi.

Linda ? elle a hurlé. Au secours, Linda !

Au bout d'un moment, elle a éclaté en sanglots.

J'ai fait le souhait qu'elle meure.

À l'école, j'ai fait partie des Barbies. C'était un club pour les filles. En principe ouvert à toutes, mais la vérité, c'est que vous deviez être mignonne. En y entrant, on vous attribuait un prénom secret. Un prénom supposé être chic, emprunté à un top model ou à une actrice de la télévision. Dans certaines circonstances, vous deviez appeler les autres par leur prénom secret. Moi, on m'appelait Cindy, comme une des filles du programme de télévision *Brady Bunch*.

Je voulais être Marcia, l'aînée des sœurs Brady.

Mais le prénom avait déjà été pris par Cindy Rodgers, celle qui avait fondé le club et en était la présidente.

Chaque fois que je regardais le programme, je ressentais ça comme une injustice. Je voulais être Marcia, et voilà que j'étais prisonnière du vrai prénom de Cindy Rodgers.

Cindy, ce bustier rose te va très bien, me disait Cindy, ou, quand nous allions au cinéma : C'est au tour de Cindy de choisir les places.

Elle m'appelait Cindy toutes les fois qu'elle le pouvait.

En parlant aujourd'hui des Barbies, j'ai honte d'avoir voulu un jour être associée à une telle bêtise. Mais je tiens à être honnête et à rendre compte du mal comme du bien.

Miss Paschonelle dit que chacun d'entre nous cache dans son passé quelque stupidité de ce genre.

Le club a duré un an, jusqu'à ce que les professeurs le découvrent et y mettent un terme. Il provoquait trop de perturbations. Je m'en étais alors écartée pour des raisons qui m'étaient personnelles, mais quand j'en étais membre, cela me prenait la tête. Comme si deux Linda vivaient en moi. Celle du club et celle qui la regardait et l'admirait.

C'est sûr, je prenais du bon temps.

Cindy et sa mère venaient nous chercher, moi et les autres filles, à bord d'une Buick Riviera et nous allions au centre commercial ou chez elles, dans leur maison du bord du lac. On jouait au tennis ou on faisait du ski nautique.

Au lac, on a vu des garçons. Les mêmes qu'à

81

l'école. À l'école, ils n'avaient pas une minute à nous consacrer. Ils avaient leurs sports à eux, leurs jeux vidéo à eux. Ils ne consentaient même pas à nous parler quand on les croisait dans le hall.

Au lac, les choses étaient différentes. Le soir, nous jouions aux cartes. Et à ce jeu dit de la lampe électrique. On se groupait par équipes. C'était une sorte de jeu du chat et de la souris. On avait perdu quand la lampe vous éclairait, et on était alors tenu de pousser des hurlements.

Parfois, un garçon vous proposait d'aller se promener avec vous. C'était pour vous peloter.

Je n'avais pas envie de ça. Le lendemain matin, à l'école, vous leur disiez: Salut! et ils réagissaient comme s'ils avaient du mal à vous reconnaître. Oh, salut! ils disaient, et ils replongeaient aussitôt le nez dans leurs jeux vidéo.

Il y avait un garçon, Raphaël, que j'aimais bien. Il était le cousin de passage d'une personne du voisinage, et il n'est venu qu'une fois au lac.

Il me disait qu'il allait m'apprendre à jongler.

Il me disait que je n'y étais pas obligée si je ne le souhaitais pas, mais qu'il pouvait me l'apprendre en une demi-heure.

Il se servait de foulards pour commencer. L'idée était que ces foulards une fois lancés flottaient dans l'air, ce qui donnait le temps de les attraper. Mais nous étions sur la plage, et le vent a eu vite fait de les disperser.

Je me suis laissée tomber sur le sable tant j'étais

heureuse d'être là. L'obscurité approchait. J'ai dit à Raphaël de s'allonger à côté de moi et de regarder les étoiles.

D'accord, il a dit, mais ne t'imagine rien.

Il m'a raconté l'histoire de sa famille. C'était triste. Son père s'était entiché d'une fille de vingt ans. La mère de Raphaël n'a pas pu le supporter et elle est partie vivre à Santa Fe, Nouveau-Mexique, ville où elle apprenait le métier d'orfèvre. La fille de vingt ans a emménagé chez le père. Tout s'est bien passé jusqu'au moment où elle est tombée gravement malade. Elle souffrait d'une tumeur qui s'était déclarée pendant ses voyages en stop en Afrique. Sa peau se décomposait en dégageant une odeur épouvantable. Des mains, ça s'étendait à tout le corps. L'appartement empestait. Son père passait son temps à s'occuper d'elle et à consulter les médecins. Elle n'était pas couverte par l'assurance sociale et les soins médicaux leur coûtaient une fortune. Il y avait un produit gluant, marron, qu'ils devaient étendre sur la peau de la fille. Son odeur était épouvantable elle aussi, et Raphaël disait qu'elle avait pollué son odorat. Il ne cessait de la sentir chaque fois qu'il respirait profondément.

Un jour, il s'est réveillé et il a cru entendre pleurer. La lumière était allumée dans la salle de bains. Il s'est avancé et il a trouvé son père assis sur le siège des toilettes qui sanglotait et se branlait tout à la fois.

C'est l'histoire la plus triste que j'aie jamais entendue, je lui ai dit. Je le pensais réellement, mais nous étions allongés sur le sable et nous n'arrêtions pas de rire.

C'est parfois la seule chose qui vous reste à faire.

Raphaël a dit qu'il ne pouvait plus supporter cette situation et qu'il allait rejoindre sa mère à Santa Fe. Elle avait ses problèmes, mais là au moins l'odeur serait loin de lui.

*
*   *

Je suis rentrée à la maison et les autres filles m'ont demandé si j'avais pris du bon temps avec Raphaël. Quand je leur ai répondu oui, elles se sont regardées en grimaçant.

Qu'est-ce qu'il y a de si drôle?

C'est un homosexuel. Tu ne le savais pas?

J'ai été très déçue, mais j'ai dit: Et alors? Peut-être qu'il m'aime à sa manière. Il est plus gentil que la plupart de ces branleurs qui nous entourent ici.

Si tu es une perverse, tu n'as plus le droit d'être une Barbie, a dit Cindy.

Elle commençait sérieusement à me taper sur les nerfs.

Maman est sortie de sa torpeur et s'est intéressée à mon sort quand elle s'est rendu compte que j'avais une amie riche.

J'avais à peine franchi le seuil de la maison qu'elle m'a demandé: Mais c'est qui? Cachée derrière les rideaux, elle m'avait vue arriver dans la Buick de madame Rodgers.

Oh, rien. Juste une amie.

Elle m'a suivie jusque dans ma chambre.

Qu'est-ce qui se passe? elle a dit. Tu ne me tiens plus au courant de rien.

De quoi tu veux parler?

Eh bien, tu pourrais au moins me dire des choses sur tes amies. Pourquoi tu ne les invites jamais à la maison? Est-ce que tu aurais honte de moi? C'est ça, hein? Est-ce que tu aurais honte de ta propre mère?

Je lui ai jeté un coup d'œil pendant qu'elle disait ça. Elle savait ce que je pensais. Les mots auraient été superflus.

Elle n'était pas ivre quand, la fois suivante, madame Rodgers s'est arrêtée pour me raccompagner. Elle s'est avancée vers la Buick.

Madame Rodgers? Comment allez-vous? Je suis Sandra Bloomberg. Je voulais vous remercier d'emmener Linda avec vous au lac, le samedi. Pour elle, c'est merveilleux.

Elle s'est penchée et elle a aperçu Cindy.

Hello, Cindy, elle lui a dit. Quelle coupe de cheveux magnifique! Avec Linda, c'est désespéré. Elle a une crinière de bête sauvage.

Je crois qu'elle s'est trouvé des affinités avec madame Rodgers. Elles se sont revues plusieurs fois à l'occasion de rencontres mondaines. Et puis elle s'est mis dans la tête de nous faire admettre au country club. Elle n'arrivait pas à comprendre pourquoi madame Rodgers ne faisait aucun effort pour appuyer notre candidature. C'est monsieur Bloomberg qui nous en a donné la raison.

Ils n'admettent pas de juifs au club.

Quoi ? a dit Maman. Mais il y a des Noirs parmi leurs membres. Carol et Stephen Hoyt sont des Noirs.

Oui, pour eux, les Hoyt sont des gens acceptables, mais pas les Bloomberg. Ils sont bien obligés de tracer la ligne de démarcation quelque part... Il m'a lancé un clin d'œil et j'ai su qu'il faisait de l'humour. Il a dit : Vous laissez entrer un couple de Noirs, et tout va bien. On n'attend rien de plus de vous. Mais vous laissez entrer une poignée de juifs, et très vite l'endroit est envahi par les juifs.

Tu me rends malade, a dit Maman. Faire de l'humour sur des choses pareilles ! De toute façon, je ne suis pas juive.

Elle est allée à la maison chercher une boisson alcoolisée et elle s'est installée près de la piscine.

S'il y a une chose que je hais, elle a dit, c'est bien la discrimination raciale. Elle m'est tout simplement insupportable.

Ce soir-là, elle s'est sérieusement enivrée. Elle est entrée dans ma chambre et elle m'a réveillée en me secouant. Elle avait à la main un verre de gin tonic. De l'eau glacée a giclé sur mon lit.

Je ne veux plus que tu ailles traîner avec cette fille Rodgers. Tu m'as compris ? Ce sont tous des culs-bénits. Tout ce que tu as, tu le dois à Arthur. Tu le sais, non ?

J'ai attrapé son verre avant qu'elle ne le renverse sur moi. Elle a penché sa tête et elle l'a appuyée contre moi. Je ne savais pas quoi faire. Je lui ai donné des petites tapes, ce qui a semblé avoir de l'effet.

Ah, mon Dieu, elle a dit.

Les Barbies avaient réussi à découvrir la date de mon anniversaire, et elles ont commencé à me titiller au sujet de sa célébration. J'ai essayé de garder mon sang-froid et de réfléchir.

Alors? a demandé Cindy. Elle va se tenir où, la fête? Au Port O'Call?

Non.

Eh bien, où? Chez toi?

Oui...

Alors? Qu'est-ce qu'on va faire?

On nagera dans la piscine.

Ah, mon Dieu, quel ennui! Elle pourrait peut-être faire venir un orchestre, vous ne croyez pas? Est-ce que tu vas faire venir un orchestre?

Oui.

Quelle sorte de musique? Un groupe de rock?

Non...

Alors quoi? Quelle sorte de groupe?

Un groupe de jazz...

Je n'ai pas prévenu Maman que j'avais invité du monde à une fête. Je savais qu'elle me fêterait mon anniversaire, mais ça ne serait pas vraiment ça.

Cindy voulait savoir si j'avais invité des garçons.

Non, non. Ma mère a dit: Pas de garçons.

Sans garçons, ce n'est pas drôle.

Une des Barbies a dit qu'il fallait que j'invite un

strip-teaseur. Un garçon qui s'effeuillerait en dansant...

Il y en aura un.

Qu'est-ce que tu dis?

Il y aura un strip-teaseur.

Il a quel âge?

Seize ans. Il s'appelle Shawn.

On ne te croit pas. Tu nous mènes en bateau...

Ta mère te l'interdira...

Linda nous mène en bateau. Le strip-teaseur, mon œil!

Quand le grand jour est arrivé, nous sommes toutes descendues du car à l'arrêt de la maison, comme convenu, et nous avons marché dans la rue, habillées pour la fête.

J'ai adressé une prière à Dieu.

Cher Dieu, j'ai dit, lorsque j'ouvrirai la porte, faites que pour nous accueillir un groupe de jazz soit en train de jouer *Petite Fleur* et que Maman soit vêtue d'un tailleur de lin ourlé de perles. Arthur ne souhaitera pas être là parce qu'il est juif. S'il vous plaît, Dieu, exaucez ma prière, et je ne vous demanderai plus jamais rien.

J'ai prié si fort que j'en ai eu le cœur comme vide. J'étais sûre que ça allait marcher. J'avais tellement envie de cette fête que je ne voyais pas comment Il aurait la cruauté de m'en priver.

Bien entendu, personne ne nous attendait.

Maman dormait dans un transat près de la piscine. La tête renversée et la bouche ouverte, toute noire à l'intérieur. Elle avait étendu de la cire sur ses jambes et ses cuisses, jusqu'à l'élastique de son bikini, et elle s'était endormie dans l'intervalle.

C'est une plaisanterie, non? a demandé Cindy.

Maman s'est réveillée et elle nous a fixées avec ses yeux grands ouverts.

Quoi? elle a dit. Quoi?

Elle a passé les jambes par-dessus le bras du transat et elle a voulu saisir la main d'une Barbie pour s'aider à se relever, mais toutes les filles se sont reculées.

Ah, les filles, elle a dit. Il est arrivé une chose terrible. Monsieur Bloomberg a eu une attaque. Il est tombé comme une masse et il n'a pas pu se relever.

Elle m'a regardée et des larmes ont coulé sur son visage.

J'allais appeler à l'école pour te prévenir, mais quelque part je n'ai pas pu.

Elle s'est essuyé les yeux.

Au lieu de ça, elle a dit, j'ai voulu m'épiler à la cire.

*
*   *

Cindy a appelé sa mère au téléphone pour lui demander de venir les chercher. Pendant qu'on l'attendait, Maman se déplaçait au hasard, distribuant des Coca aux unes et aux autres, disant: Comme c'est triste, comme c'est triste... Évidemment, nous prions pour sa complète guérison.

Elle avait oublié la cire qui recouvrait ses jambes. Un morceau de cire s'était décollé et venait battre contre la peau. On aurait dit qu'elle avait une blessure effroyable.

Toutes les filles ont quitté la maison avec tact. Cindy m'a serrée fort dans ses bras.

Cette bonne vieille fête, on la recommencera un autre jour, d'accord? Je voudrais seulement pouvoir me rendre utile à quelque chose.

Je savais qu'elle était sincère en disant ça. Je m'en moquais. Depuis un certain temps, je la détestais.

Eh bien, a dit Maman une fois qu'elles n'étaient plus là, je suis désolée que toutes tes amies soient arrivées à un si pénible moment. J'aurais aimé que tu me dises que tu leur avais demandé de venir. On leur aurait acheté des gâteaux ou d'autres douceurs.

Est-ce qu'il est très malade?

Arthur? Maman a secoué la tête. C'est grave. À vrai dire, je ne sais pas.

Peut-être que ça va s'arranger, j'ai dit. Peut-être qu'il va revenir comme avant.

Cette Cindy, quelle fille adorable, a dit Maman. Ah, je sais! Et si je vous emmenais, elle et toi, à Disney World? Je veux dire pour ton anniversaire. Ça te plairait?

Pas vraiment.

Et pourquoi?

Je ne l'aime pas.

Quoi? Comment peux-tu dire une chose pareille?

Parce que c'est vrai. Je ne peux pas la blairer.

Oh, je ne veux pas t'entendre parler comme ça. C'est grotesque. Comment peux-tu détester quelqu'un qui n'a que douze ans? C'est une gamine

sympathique. Elle a... elle a... je ne sais pas quoi.
Quelque chose. Quelque chose en elle qui attire. J'ai
rencontré son père l'autre jour. Il m'a invitée à venir
jouer au golf. Je serai officiellement son invitée au
club. Qu'est-ce que tu penses de ça ?

Ça m'est complètement égal.

Oh, je sais. Tu te moques de tout. Tu passes ton
temps à détester les gens.

Maman s'est assise et s'est mise à gratter la cire sur
ses jambes.

La haine est un sentiment affreux, elle a dit.

5

Quand il est rentré de l'hôpital, monsieur Bloomberg se tracassait pour ses yeux.

Où est la glace?

Quelle glace?

Je voudrais voir mon visage dans la glace.

Il est très bien, ton visage.

Non, il y a quelque chose qui ne va pas. Il y a quelque chose qui ne va pas avec mes yeux. J'ai l'impression d'avoir perdu un œil.

C'est absurde, Arthur.

Où est la glace?

Maman m'a envoyée chercher un miroir et il s'est regardé dedans.

Oui, il a fini par dire.

Il avait froid et il a commencé à porter des chemises de flanelle boutonnées jusqu'au menton. Une de ses mains s'était recroquevillée, et il la tenait tout contre sa poitrine, en jouant avec ses boutons. Il ne pouvait pas lire à cause de son œil défaillant, si bien que j'ai pris la relève. Chaque matin, c'est moi qui déchiffrais le *Wall Street Journal*. À vrai dire, il n'avait pas vraiment perdu son œil. Nous allions nous asseoir près de la piscine et il regardait les geais qui tournaient autour de la mangeoire.

Est-ce que nous ne devrions pas placer des capitaux sur le marché obligataire? j'ai dit. Je crois qu'on s'achemine vers une récession.

Où est ta mère?

Elle prend une leçon de golf.

Une leçon de golf? Mais pourquoi a-t-elle envie d'une leçon de golf?

Elle a besoin de s'aérer, j'ai dit.

Je lui ai lu les cours. General Motors, moins 0,38%. Zenith, moins 1,25%. La superficie des bureaux du centre-ville de Chicago est inoccupée dans la proportion de quarante pour cent.

· Je lui ai dit: Eh, est-ce que tu voudrais aller à Port O'Call? Et rencontrer monsieur Shirmir et David Fine?

Non, non, a dit Arthur. J'ai mis ma confiance en des personnes qui ne la méritent pas.

Tu ne ferais quand même pas allusion à monsieur Shirmir? Il a téléphoné l'autre jour pour demander de tes nouvelles. Il a dit qu'il avait un tuyau concernant de bons placements sur Pacific Rim. Est-ce que tu veux que je lui dise de venir?

Non, non. Où est ta mère?

À sa leçon de golf.

Ah, oui...

Il a réfléchi un moment.

Elle a besoin de s'aérer davantage, il a dit.

Oui. Est-ce que je te lis l'horoscope?

Pourquoi tu n'es pas à l'école?

On est samedi.

Monsieur Shirmir est venu lui rendre visite sans avoir été invité.

Comment allez-vous, Arthur? Vous nous manquez au Port O'Call.

Oui, oui. Linda, va nous chercher du café.

Quand je suis revenue avec le café, monsieur Shirmir n'était plus là.

Va voir s'il a bien fermé la porte, a dit Arthur.

La porte était grande ouverte. La chaleur suintait comme un sirop brûlant. Un lézard vert dormait sur le seuil. J'ai tapé du pied. Il a détalé entre mes jambes et il a filé à l'intérieur de la maison. Je l'ai cherché en vain. J'ai dû abandonner, car monsieur Bloomberg m'appelait.

Linda, Linda! Où es-tu?

Il transpirait à grosses gouttes quand je l'ai rejoint près de la piscine.

Shirmir fixait mon œil, il a dit. Maintenant, il sait. Fichez-moi le camp! je lui ai dit. Je sais ce que vous manigancez.

Quoi? Qu'est-ce qu'il manigançait?

Il s'est mis à trembler. Avec les doigts de sa main recroquevillée, il tripotait les boutons de sa chemise.

Est-ce que tu veux que je te lise George Will?

Oui. Lis-moi George Will.

Nous avons engagé une Noire pour s'occuper de lui. Elle s'appelait Helen. Elle l'aidait à prendre son bain et à se raser. Maman restait dans la salle de bains et regardait. Elle était censée apprendre à s'occuper elle-même d'Arthur. Tout en observant, elle faisait des petits gestes avec ses mains. Comme si c'était elle qui aidait Arthur à se raser.

Regardez bien, madame Bloomberg, disait Helen. Avec de la pratique, ce n'est pas si difficile que ça.

Oui, oui, Helen. Je vois.

Quand il est sorti de la salle de bains, Maman s'est enfuie, comme s'il allait se jeter sur elle. Elle s'est précipitée dans la chambre et, de là, elle a regardé Helen l'habiller. Elle a fait d'autres petits gestes avec ses mains. Voyons... Helen remonte la fermeture à glissière de son pantalon et noue sa cravate... Maintenant, elle lui tend sa veste ouverte pour qu'il puisse y glisser les bras...

Elle ne servait strictement à rien.

Elle est partie dans la chambre de Stoppard. Elle a déplié le petit lit qui était enfermé dans l'armoire et elle l'a installé au milieu de la pièce.

Je ne peux pas supporter le spectacle de l'infirmité, elle a dit. C'est quelque chose que je ne peux absolument pas supporter.

Il faut pourtant bien que quelqu'un s'occupe de lui, je lui ai fait remarquer.

Helen et toi, vous le prenez en charge. Moi, je m'occupe de Stoppard.

C'était du donnant-donnant, mais elle n'a pas tenu sa promesse.

À peine j'étais rentrée de l'école que je l'ai vue qui quittait la maison.

Où tu vas? j'ai demandé.

J'ai rendez-vous chez le médecin, elle a dit.

Je n'en ai pas cru un mot. Je l'ai suivie jusque dans la rue.

Tu es tout le temps malade! j'ai crié. Tu dois être
aux portes de la mort!

*

*   *

J'aimais bien Helen. Quand nous en avions terminé
avec nos tâches domestiques, je faisais chauffer une
casserole d'eau et nous buvions une tasse de Nescafé.
On s'asseyait à la table de la cuisine et on se détendait.

Seigneur, Seigneur…

C'est dur de s'occuper des vieux?

Non, pas tant que ça. Tu dois seulement veiller à
ce qu'ils soient propres et bien tenus, comme les
bébés. D'habitude, ils t'en sont reconnaissants. Toi, tu
t'occupes de ton frère?

Oui.

Eh bien, c'est un peu comme avec ton frère. Nous
sommes tous des créatures de Dieu. Je vais te dire une
chose. Même la plus vieille personne au monde est un
nouveau-né au regard de Dieu. C'est ainsi que s'habille
ton âme quand tu montes au Ciel. L'âme de monsieur
Bloomberg ressemble à ce qu'il était tout petit enfant.

J'ai dit: C'est peut-être ce que je ferai quand j'aurai
grandi. Prendre soin des vieilles personnes.

Oh, Seigneur, elle a dit. Je me fais du mauvais sang
pour toi.

Pourquoi?

Parce que tu n'es pas dehors à jouer avec tes amies.
Au moins, est-ce que tu as des amies?

Soudain, l'argent s'est mis à manquer. Je ne sais pas

exactement ce qui s'est passé, mais nous n'arrivions plus à monnayer nos avoirs sur le compte de gestion que nous avions ouvert chez Dreyfus. De mon côté, je possédais mon portefeuille de titres. Je l'avais fait transférer chez Vanguard Morgan Growth après l'attaque qui avait frappé Arthur. C'est un établissement bancaire mutualiste qui accorde des intérêts sur des placements de croissance à long terme. Je n'en avais rien dit à Maman.

Où est passé l'argent qu'Arthur t'a donné? elle me demandait régulièrement.

Quel argent? je répondais en prenant l'air étonné. Je savais qu'elle ne réussirait jamais à apprendre ce que j'en avais fait, à moins que je ne le lui révèle.

Chaque mois, elle signait un ordre de virement de son compte épargne sur son compte courant. Le virement ne devait pas être inférieur à quatre cents dollars. C'est la somme que nous avions pour vivre.

Mais tu manges ton capital! je lui disais. C'est contraire à tous les principes.

J'en étais scandalisée, mais elle ne m'écoutait pas.

Un jour, elle est venue me chercher à l'école. Stoppard était sanglé sur son siège à l'arrière de la voiture. Elle a fait hurler les pneus au démarrage, en virant dans la courbe.

Qu'est-ce qui ne va pas?

Elle s'est tournée vers moi et je l'ai vue de face. Elle avait des cernes bleus et noirs autour d'un œil.

Arthur m'a frappée.

Pour quelle raison?

Je ne sais pas. Je débarrassais la table, juste après le déjeuner. J'ai enlevé son plateau et je l'ai porté à la cuisine. Quand je me suis retournée, il était là, tout droit, dans mon dos. Juste derrière moi. Je lui ai demandé : Qu'est-ce que tu veux ? et il m'a frappée.

Elle tremblait.

Où tu vas ?

Voir quelqu'un.

Nous avons roulé jusqu'au country club. Là, sur le terrain de golf, nous avons foncé droit sur le troisième tee. Je ne sais pas comment elle a su qu'elle y trouverait le docteur Rodgers, mais elle l'a fait et il y était.

Quand il a vu l'état de son œil, il a pris un air stupéfait, comme s'il avait reçu un coup de poing au creux de l'estomac.

Glen, elle a dit, on est en plein drame.

Quoi ? Qu'est-ce qui se passe ?

Arthur m'a frappée. Il est incapable de se contrôler.

Le docteur a hoché la tête.

Sandra, il faudrait peut-être envisager pour lui un placement dans un hôpital psychiatrique. Il arrive un moment où les personnes atteintes de démence sénile ne peuvent plus être traitées à domicile.

Maman l'a dévisagé comme s'il avait lui-même perdu l'esprit.

Mais qu'est-ce que tu racontes ? Je ne remettrai plus jamais les pieds là-bas. C'est à toi de prendre une décision, et tout de suite.

Le docteur Rodgers m'a dit d'emmener Stoppard et d'aller nettoyer les balles de golf. Il y avait près du tee une petite machine qui servait à ça. À l'intérieur, une sorte de palette percée de trous faisait un mouvement de va-et-vient entre des brosses à poils durs. On calait les balles dans les trous et on plongeait la palette dans une eau savonneuse. Les brosses récuraient. Ensuite, on séchait les balles à l'aide d'un torchon accroché à un clou.

Quand j'ai vu que le docteur Rodgers avait fini de discuter avec Maman, je lui ai rapporté les balles.

Les voilà, docteur Rodgers.

Merci, Linda, il a dit, et il s'est éloigné.

Maman nous a ramenés à la maison. Je ne sais pas ce que le docteur Rodgers a fait ensuite. Je pense qu'il a dû finir sa partie de golf.

Monsieur Bloomberg était dans la cuisine et essayait d'ouvrir une boîte de saumon quand nous sommes rentrés. Il ne nous a prêté aucune attention. Sur la pointe des pieds, Maman est allée saisir son porte-monnaie qui était resté sur une étagère.

Va faire ta valise, m'a dit Maman. Nous partons dans dix minutes.

Où on va?

À Hibbing. Je n'ai pas d'autre choix.

Non, j'ai dit.

Quoi non?

Non, je ne pars pas.

Tu ne peux pas rester ici.

Si, je peux. Quelqu'un doit s'occuper de monsieur Bloomberg.

Sûrement pas toi.

Helen et moi, on peut le faire.

Helen est partie. Je lui ai payé ce matin ce qu'on lui devait. Nous n'avons plus d'argent. Est-ce que tu comprends? Nous n'avons plus d'argent! Mon Dieu, on dirait parfois que tu es une vraie idiote.

Je crois que ta place est ici en principe. Si tu sais t'y prendre, il n'y a pas de problème avec lui.

Je ne peux pas supporter ça! Tu comprends? Je ne peux pas supporter ça une minute de plus. Tu ne sais pas ce que c'est que d'être esclave d'un homme vieux. Tu ne peux pas savoir. Non, tu ne peux pas savoir! Écoute, Linda. Voilà ce que nous allons faire. Nous allons quitter cette maison dans cinq minutes. Je vais m'arrêter à la station-service, appeler la police et leur dire qu'il y a une situation d'urgence dans cette maison. Ils vont arriver et ils s'occuperont d'Arthur cent fois mieux que nous ne pourrions le faire. C'est pour son bien. Est-ce que tu t'en rends compte?

Tu t'es mariée avec lui. Tu es censée t'occuper de lui.

Elle tripotait son porte-monnaie.

Nous ne sommes pas vraiment mariés.

Quoi? Première nouvelle!

C'est de la poudre aux yeux, j'en ai peur. Le fait est que je n'ai aucune responsabilité ici.

Ah bon, aucune? Tu te fiches de tout le monde. La seule chose qui t'intéresse, c'est de glander et d'aller prendre des leçons de golf.

C'est faux. J'ai agi du mieux que j'ai pu.

Tu vas te balader avec le docteur Rodgers, je lui ai

dit. Je sais très bien ce que vous faites. Pas seulement du golf.

Elle m'a giflée.

Toi, tu ne me parles pas sur ce ton! Je suis ta mère.

J'ai tourné les talons et je suis allée m'asseoir à même le sol dans la buanderie. Je l'entendais qui m'appelait. Linda! elle hurlait. Viens ici, Linda!

Elle s'affairait dans la maison en heurtant les meubles.

Linda, je m'en vais! elle hurlait. Je vais partir sans toi!

Elle a claqué la porte. J'ai cru qu'elle faisait semblant. Mais non, elle n'était plus là. Elle était réellement partie.

Je suis restée longtemps assise, même après que j'ai su qu'elle était partie. Helen avait sans doute fait la lessive avant de s'en aller. Les produits d'entretien étaient rangés en bon ordre sur l'étagère, et le balai suspendu à son crochet. J'ai regardé ce spectacle rassurant autant que j'ai pu, mais j'ai bien été obligée de sortir de là et d'affronter les réalités.

Monsieur Bloomberg s'acharnait toujours sur sa boîte de saumon.

C'est toi, Trudie? Je n'arrive pas à ouvrir cette boîte.

Je l'ai ouverte et j'ai préparé une salade au saumon et à l'avocat. Je l'ai fait asseoir dans le patio et je lui ai expliqué comment se présentait la situation.

Maman est partie. Elle a emmené Stoppard avec elle, et elle est retournée à Hibbing. Je vais rester ici pour le moment. Je m'occuperai de ta nourriture et de tes affaires. Mais toi, tu dois te conduire convenablement. On est d'accord?

C'est entendu. Mais, Trudie, il faut que tu surveilles la porte. Tu as dû la laisser ouverte. N'importe qui peut entrer. Quelqu'un a cherché à voler des plats. Une femme qui traînait dans la rue. Je ne sais pas. Je lui ai dit de ficher le camp.

Il se tait et me regarde.

Tu n'es pas Trudie, n'est-ce pas?

Non, je suis Linda.

Ah, oui. Trudie est morte...

Oh, Seigneur! je me suis dit. Mais j'avais fait mon choix et je devais m'y tenir.

6

Le lendemain, il avait presque retrouvé son état normal. Il voulait savoir s'il agissait de manière bizarre, et je lui ai rapporté les faits. Je lui ai dit qu'il n'y avait plus du tout d'argent.

L'argent a disparu? il a demandé.

Oui.

Où est-il?

Je ne sais pas. Tu l'as perdu ou tu en as fait quelque chose, mais quoi? je suis incapable de le savoir.

Et la voiture?

Maman l'a prise. Écoute, j'ai dit. J'ai de l'argent sur mon compte à la banque mutualiste, et toi, tu as la Sécurité sociale. On va vivre là-dessus pendant un moment.

De quel compte tu parles?

De mon compte à la Vanguard Morgan Growth. Il rapporte.

Je lui ai montré mes relevés de banque et il les tournait entre ses mains de façon à pouvoir les placer juste devant son œil valide.

Je vais m'occuper de tout ça, j'ai dit.

Oh, Christ, il a dit. Il est allé chercher des flacons remplis de pilules dans le tiroir du haut du buffet. Je lui ai demandé ce qu'il faisait.

Il faut que je prenne des médicaments.

Il a cessé de palper ses flacons et il a froncé les sourcils.

J'ai une fille quelque part, mais je suis incapable de me rappeler son nom.

Carol. Elle vit à Saint Paul. Elle est avocat.

Ah, oui, Carol... Tu ferais bien de l'appeler.

Tu as son numéro?

Il doit être sur le bureau. Tu ferais bien de l'appeler.

J'ai trouvé le numéro dans son carnet d'adresses et j'ai téléphoné à Carol ce soir-là. Je me suis présentée et elle a dit: Oui? Elle l'a dit d'une voix très réticente, comme si je cherchais à lui vendre quelque chose.

Votre père est malade, j'ai dit. Il faudrait peut-être que vous veniez ici et que vous preniez en main la situation.

Qu'est-ce qui ne va pas chez lui?

C'est difficile à dire. Il a parfois des pertes de mémoire et il se conduit de façon bizarre.

Est-ce qu'il est là? elle a demandé. Passez-le-moi.

Je lui ai tendu l'appareil et il a parlé le plus naturellement du monde. Oh, non, tout va très bien ici, il a dit. Et là-bas, comment vont les affaires? Nous devrions nous parler plus souvent.

Il a raccroché et il a évité mon regard.

Qu'est-ce qui t'a pris? Tu me fais passer pour une imbécile.

Eh bien, je suis désolé. À vrai dire, il n'y a pas de souci à se faire. Je suis seulement un peu perturbé. Je ne vais pas ennuyer Carol chaque fois que je me sens un peu perturbé.

J'ai compris qu'il était inutile de vouloir lui faire entendre raison. Et j'ai laissé courir.

J'ai demandé le transfert d'une partie de mes avoirs chez Vanguard Morgan Growth sur l'un des anciens comptes d'Arthur. Nous pouvions ainsi disposer d'un compte courant. Pour ces formalités, j'ai utilisé le service postal bancaire. C'est commode pour ceux qui, pour une raison ou pour une autre, ne peuvent pas venir eux-mêmes à la banque. Je me servais d'une carte de crédit ATM pour retirer des liquidités. Il y avait un distributeur de billets proche du magasin libre-service, juste de l'autre côté du pont.

J'ai cherché dans sa chambre s'il avait mis de l'argent quelque part et j'ai découvert un paquet de lettres caché sous le drap, au pied de son lit. Certaines venaient d'organisations telles que la Croix-Rouge américaine ou la Société de lutte contre le cancer qui le remerciaient de ses généreux dons. Mais, pour l'essentiel, son argent avait eu deux destinataires.

L'un était une organisation appelée la Société de Saint Paul, sise à Saint Paul, Minnesota. Une de ses lettres disait qu'une réception de gala aurait lieu le 12 juin en l'honneur de ceux qui avaient été inscrits sur la Liste d'or. Une place pour lui et une pour son invité(e) lui étaient réservées à la Table de Dieu. De plus, il était nommé membre à vie du Recours chrétien, et une suite était mise en permanence à sa disposition, qu'il pouvait occuper chaque fois qu'il aurait envie d'y venir passer un moment. Il y avait certaines conditions restrictives à cette offre, mais j'ai oublié lesquelles.

L'autre destinataire était un agent de change de New York qui avait pour raison sociale Turks Manning and Associates. L'en-tête de son papier était plaisant, mais la lettre avait été rédigée en hâte par quelqu'un qui s'était servi d'un stylo à bille. Elle disait que monsieur Bloomberg avait été averti des risques qu'il courait en décidant de telles transactions monétaires. Il devait à l'avenir adresser tout son courrier à un cabinet juridique dont je n'ai pas retenu le nom.

Je l'ai interrogé sur la Société de Saint Paul.

Ça concerne les juifs, il a dit. Ta mère va pouvoir entrer au country club. Ils possèdent la force magnétique. Et ils savent s'en servir. J'ai discuté au téléphone avec un jeune homme. Il m'a tout expliqué. Je ne suis plus juif.

Tu es quoi, alors?

Chrétien.

Bonté divine! j'ai dit. Combien d'argent tu leur as donné?

Je ne me souviens pas. Regarde dans le livre.

Je n'ai jamais retrouvé le livre, mais j'ai calculé qu'au bout du compte il devait avoir donné ou perdu plus de quatre cent mille dollars en l'espace de deux mois. J'ai inscrit tous les renseignements que j'ai pu recueillir dans un petit carnet bleu. Vous pouvez le vérifier, si vous en avez envie. C'est sa fille Carol qui doit probablement détenir ce carnet.

*
* *

Après le départ de Maman, je me suis occupée de monsieur Bloomberg pendant environ quatre mois. Je vais maintenant récapituler les dépenses que j'ai réglées avec mon argent, celui viré de mon compte chez Vanguard Morgan Growth :
- Remboursement de l'emprunt logement et taxes : 3 886 dollars.
- Électricité : 412 dollars. Une somme élevée parce que, pendant une certaine période, monsieur Bloomberg a insisté pour laisser ouvertes les portes du patio alors que l'air conditionné était branché.
- Nourriture et à-côtés : environ 700 dollars. Je lui ai dit qu'il fallait qu'il cesse de regarder les programmes de télévision et toutes ces publicités qui incitaient à la dépense parce que ça le mettait dans tous ses états. À la place, nous avons loué beaucoup de cassettes vidéo.

Il y a eu des factures isolées dont j'ai oublié le montant, mais il est facile de les vérifier. Elles ont été notées dans le livre de comptes, et les établissements concernés en ont gardé trace.

Les factures de téléphone étaient insignifiantes, car après avoir appelé Carol je n'ai pas demandé d'autre communication longue distance.

Il a fallu aussi régler la cotisation du contrat d'assurance habitation et celle de l'assurance auto. J'ai payé cette dernière bien que Maman soit partie avec la voiture, car j'ai pensé qu'il était important qu'elle et

Stoppard soient couverts, au cas où il leur arriverait quelque chose. Il y a eu aussi une facture pour l'eau, mais je ne me souviens pas de son montant.

Voilà, c'est à peu près tout. Je n'ai pas renouvelé l'abonnement au câble ni le contrat d'entretien de la piscine.

Nous faisions nos achats au Cracker Box, le magasin dont j'ai parlé. C'était plus cher qu'ailleurs, mais il se trouvait juste de l'autre côté du pont, à Saint Pete, et nous pouvions y aller à pied. De plus, il était ouvert vingt-quatre heures sur vingt-quatre. Nous faisions l'essentiel de nos courses à quatre heures du matin, heure à laquelle Arthur commençait à s'agiter. Je l'habillais et nous partions, à un moment où tout le monde était encore au lit. Un des avantages, c'est qu'à cette heure-là nous n'attirions pas beaucoup l'attention. Nous possédions notre propre chariot. Il appartenait à un hypermarché, mais nous ne l'avions pas dérobé. Nous l'avions découvert abandonné dans un fossé.

Nous achetions surtout des produits allégés et des bananes. Au déjeuner, nous mangions parfois du saumon et de la salade de thon. C'était pratique. J'aime la cuisine rapide.

J'ai veillé à ce qu'il soit toujours propre, comme le faisait Helen. Chaque jour, une douche. Je l'asseyais sur un tabouret dans la baignoire et je le lavais au jet. Puis je l'enveloppais dans un peignoir en tissu éponge et je l'installais au soleil près de la piscine. Quand il s'était séché, je lui passais du talc et je l'aidais à s'habiller. Il était impeccable de la tête aux pieds. Au début, j'ai voulu le raser, mais je n'ai pas insisté, et en définitive nous avons laissé pousser sa barbe. La lessive n'était pas un problème car nous disposions toujours de la machine à laver et sécher le linge.

Il est devenu brusquement fou furieux et il a dit que je l'enfermais comme un prisonnier dans sa propre maison.

J'ai essayé de le raisonner, mais il m'a giflée, il a couru à droite et à gauche et il s'est mis à jeter dans la piscine tout ce qui traînait sur le patio. Je suis partie m'asseoir dans la buanderie jusqu'au moment où j'ai entendu claquer la porte d'entrée. J'ai glissé un œil, il n'était nulle part. Les coussins s'entassaient dans la piscine et son peignoir flottait à la surface. Oh, misère, j'ai pensé. Il s'est noyé. J'ai tâté le fond avec une perche, mais je n'ai pas découvert de corps. Alors une idée plus terrible m'est venue. Il s'était enfui, nu. Je n'avais aucune envie de poursuivre un vieil homme nu dans la rue, mais j'ai pris mon courage à deux mains et je suis allée voir dehors.

Lorsque je l'ai repéré, j'ai été heureuse de constater qu'il avait eu encore assez de bon sens pour enfiler son costume. Il avait l'air normal, mais sa chemise n'était pas rentrée dans son pantalon et il ne portait pas de chaussettes.

Il semblait vouloir aller en hâte quelque part. Je n'ai pas tenté de le rejoindre. Je me suis contentée de le suivre à bonne distance. Il errait dans le quartier, sans réussir à trouver ce qu'il cherchait. À chaque carrefour, il s'arrêtait et il épiait. Puis il prenait telle ou telle direction et il détalait comme un lapin mécanique. Il avançait à toute vitesse, en jetant en avant une épaule et en balançant son bras valide.

Il a fini par abandonner et il s'est laissé tomber sur un banc, près du canal où les riches propriétaires amarraient leurs bateaux. Je me suis assise à côté de lui, comme si notre rencontre était une pure coïncidence. J'ai gardé un moment le silence et puis je lui ai demandé: Est-ce que maintenant tout va bien?

Tu connais le chemin pour rentrer à la maison?
Oui.

Ah, mon Dieu, il a dit. Et il s'est mis à pleurer. Une femme s'est approchée de nous. Elle a demandé ce qui n'allait pas.

Rien, j'ai dit. Je m'en charge.

Oui, elle s'occupe de moi, a dit Arthur.

Cette femme n'avait pas l'air convaincue, mais j'ai essuyé les larmes d'Arthur et nous sommes partis avant qu'elle ne réfléchisse à ce qu'elle devait faire.

Il était sage comme une image.

Une fois rentrés, j'ai constaté que son pied gauche s'était couvert d'ampoules parce qu'il n'avait pas mis de chaussettes. Je me suis occupée de ça. Je lui ai fait tremper le pied dans une bassine d'eau chaude jusqu'à ce que les cloques se dégonflent, puis je l'ai installé avec la bassine en plein air, au soleil.

J'ai repêché dans la piscine le plus possible de coussins et d'objets qu'il y avait jetés. La pompe d'alimentation faisait un drôle de bruit, si bien que je l'ai fermée.

La maison était silencieuse. Elle n'avait jamais été aussi calme.

J'ai cessé d'aller à l'école. Arthur s'énervait quand je n'étais pas près de lui. J'avais peur qu'un inspecteur vienne m'interroger sur mon absence non autorisée. Mais ce problème s'est résolu de lui-même. L'école a appelé et a demandé à parler à Maman. C'est monsieur Bloomberg qui a répondu.

Qui demandez-vous? il a dit. Madame Bloomberg? Non, vous ne pouvez pas lui parler. Elle est morte. Oui, morte. D'un cancer du sein. Oui, merci. Merci beaucoup. Non, ma fille vit à Saint Paul, Minnesota. Non, je ne sais pas le nom de son école.

Il a raccroché et il s'est mordillé la lèvre inférieure.

C'était l'école, il a dit. Ils voulaient savoir pourquoi Carol a cessé d'y aller. Je leur ai dit que je l'ignorais.

Très bien.

Elle a eu la polio. C'est la raison pour laquelle elle n'était pas à l'école. Est-ce que je dois les rappeler pour le leur dire?

Non, ce n'est pas nécessaire.

Je n'ai pas leur numéro.

C'est très bien comme ça.

J'en ai assez de porter cette responsabilité. Qu'est-ce qu'elle veut de plus? Elle ne m'a jamais pardonné d'avoir attrapé la polio. C'est là le problème.

Non.

Quand je regardais ses jambes emprisonnées dans l'appareil, c'était affreux. Elles n'étaient pas plus grosses que des allumettes.

Tout va bien maintenant.

Je ferais n'importe quoi pour elle. Elle le sait. Je ne peux pas revenir en arrière. Elle devrait me pardonner. Ce n'est pas juste.

Ensuite, les jours ont succédé aux jours, comme dans un rêve. Je faisais lever Arthur aux aurores, nous traversions le pont et nous allions au magasin. Aucun voisin n'était encore debout dans les environs. Les seules personnes auxquelles j'ai adressé la parole étaient des hommes qui venaient pêcher près du pont. Des Noirs. Ils m'ont montré ce qu'ils avaient attrapé. Un poisson superbe, aux couleurs de l'arc-en-ciel. Par la suite des Blancs sont venus, mais les poissons qu'ils pêchaient étaient grisâtres et sans intérêt.

Je n'ai pas d'explication pour ça.

Pendant la journée, je m'asseyais à côté de la piscine et je lisais un livre ou j'observais le cours de la nature. Le soleil faisait s'évaporer peu à peu l'eau de la piscine dont j'avais coupé l'alimentation. Le niveau d'eau s'abaissant, un certain nombre des objets qu'Arthur y avait jetés ont commencé à émerger. Ils étaient couverts d'algues et, au bout d'un certain temps, j'ai vu apparaître des petites grenouilles vertes. Je ne sais pas comment elles étaient arrivées là. Un oiseau a dû en apporter une, et elles se sont multipliées. Le lézard qui m'avait filé entre les jambes, le jour où monsieur Shirmir était venu nous rendre visite, était là lui aussi. J'ai descellé plusieurs dalles de pierre du patio et je les ai empilées à une extrémité de la piscine pour lui donner un air plus naturel. J'ai planté de l'herbe et des fougères dans les interstices et de temps à autre, à l'aide du tuyau d'arrosage, je faisais couler de l'eau par-dessus. On aurait dit une cascade en miniature. C'était réellement magnifique.

Une fille a sonné à la porte. Elle venait vendre des cookies au profit des scouts. Je ne la connaissais pas, mais j'ai eu soudain une envie folle de revoir Myra Berkowitz. Je ne crois pas que j'aie parlé d'elle jusqu'ici. Elle faisait partie des Barbies, mais elle en était le souffre-douleur. En l'accueillant, avait dit Cindy, on donnait l'impression que le club était ouvert à toutes les filles, y compris aux plus ingrates.

Après le départ de la jeannette, j'ai regardé la télévision et j'ai réfléchi aux moyens que j'avais d'attirer Myra par la ruse et de la retenir prisonnière un certain temps. J'en ai conclu que je lui enverrais un chèque en lui disant : C'est pour toi si tu passes la nuit ici.

Je n'arrivais pas à décider quel était le montant souhaitable pour ce chèque. Cinquante dollars me paraissaient insuffisants et cent dollars risquaient de l'effrayer et de la faire fuir. J'ai finalement établi un chèque de soixante-quinze dollars à l'ordre de Myra Berkowitz, et je l'ai signé du nom de monsieur Bloomberg, le détenteur du compte courant.

Je lui ai téléphoné. Eh, Myra, j'ai dit, je vais faire une fête. Est-ce que tu voudrais venir ?

Qui est à l'appareil ? elle a demandé.

C'est moi, Linda.

Mais je croyais que tu étais partie vivre ailleurs.

Non. Je me suis seulement absentée un moment. Est-ce que tu voudrais venir?

Je peux amener quelqu'un?

Qui?

David Swartz.

Non. C'est une fête juste pour les filles.

D'accord, elle a dit. Mais je ne pourrai pas rester. Comme si elle se doutait du piège dans lequel elle allait tomber.

J'ai acheté au Cracker Box tout ce que Myra adorait. Des chips tex-mex et un bol de guacamole. Un cake aux bananes. Deux mangues bien mûres et, pour finir, un paquet de chocolat en barres.

J'ai installé Arthur dans sa chambre devant la télévision. J'ai ouvert le tuyau d'arrosage pour rétablir la petite cascade. J'ai dressé une table de bridge près de la piscine et j'y ai posé des jeux: un Monopoly et un jeu de dames.

J'ai essayé de penser à tout. J'avais prévu qu'on jouerait d'abord et qu'ensuite on resterait assises là, à discuter. Je voulais lui expliquer que je regrettais la manière dont elle avait été traitée par les Barbies. Elle me donnerait les dernières nouvelles et je lui dirais des paroles qui lui feraient chaud au cœur.

Ce n'est évidemment pas ainsi que les choses se sont passées.

Eh bien, te voilà, j'ai dit à Myra quand elle est arrivée.

Je l'ai emmenée à la piscine et je lui ai montré ce

que j'avais préparé. Le saladier de chips et le 7-Up qui refroidissait dans la glace.

Où est tout le monde? elle a demandé.

Où est qui?

Toutes les autres. Je croyais que tu avais dit que tu faisais une fête.

C'est ce que j'ai dit. C'est une fête pour toi et moi.

Mais ce n'est pas une fête. Tu ne peux pas faire une fête avec deux filles seulement.

Si, tu peux.

Non, tu ne peux pas.

Oh, Myra, ferme-la! j'ai dit.

Je commençais à me rappeler à quel point elle me tapait parfois sur les nerfs.

Elle a grignoté des chips et nous avons joué aux dames. Non sans mal, je l'ai laissée gagner.

Elle se penche vers moi et elle me demande dans un murmure: Qu'est-ce qu'il fait, ton père?

Qui? Monsieur Bloomberg?

Oui. Qu'est-ce qu'il fait?

J'écoute. J'entends Arthur qui fredonne des airs que diffuse la télévision.

Il est en train de chanter. Il aime bien accompagner en chantant les publicités télévisées. Est-ce que tu veux qu'on commence un autre jeu?

Non. Je crois qu'il vaut mieux que je rentre. Je voudrais appeler Maman pour lui demander de venir me chercher.

Non, j'ai dit. N'appelle pas. J'ai autre chose à te montrer.

J'ai décidé d'aller droit au fait. J'ai sorti brusquement le chèque et je lui ai montré son nom sur la ligne d'ordre, le montant de la somme, la date, la signature...

Je te donne soixante-quinze dollars pour rester ici jusqu'à demain matin.

Elle a fondu en larmes et elle a dit: Qu'est-ce que tu vas me faire?

Qu'est-ce que tu imagines? Je ne te ferai aucun mal.

Elle a hurlé: Ne me fais pas de mal!

C'en était presque comique.

Je l'ai convaincue de s'allonger sur un matelas pneumatique et je me suis assise à côté d'elle.

Je ne te fais aucun mal, j'ai dit. Écoute ce que je te dis.

Elle s'est alors calmée. Elle a dit que je pouvais faire ce que je voulais, à condition de ne pas employer la violence.

D'accord, j'ai dit, et au moment où je me suis levée, elle a fait glisser son bermuda et elle a passé son tee-shirt par-dessus sa tête.

Qu'est-ce qui te prend?

Quoi? elle a dit en me jetant un coup d'œil furtif. Ce n'est pas ce que tu veux que je fasse?

Non, j'ai dit. Il n'en est pas question. Je ne suis pas une perverse.

Moi non plus.

Eh bien alors, rhabille-toi.

Je l'ai laissée téléphoner à sa mère. Nous sommes

sorties, nous nous sommes assises devant le porche et nous avons attendu. L'obscurité tombait. Le palmier nain frottait ses branches contre le mur. Les rues étaient désertes.

Elle avait retrouvé sa bonne humeur. Tu sais quoi? elle a dit. Les professeurs ont décidé de fermer le club des Barbies. Il paraît qu'il causait trop de peines de cœur. Ça m'est bien égal. Tu sais quoi? Cindy Rodgers est sortie le même jour avec Kevin Morissy et Brian Sonachuck.

J'ai essayé d'imaginer un commentaire approprié, mais j'en ai été incapable. Pour être franche, je ne m'intéressais plus du tout à ce qui pouvait arriver à Cindy Rodgers. Je n'avais qu'une hâte: que la mère de Myra arrive et me débarrasse d'elle.

Je suis revenue ensuite vers la maison et j'ai trouvé Arthur qui se promenait sans pantalon autour de la piscine. C'était une chance que Myra soit partie juste avant.

Je l'ai aidé à se rhabiller et il m'a bousculée. Il a dit que j'avais poussé le chauffage et que j'essayais de le faire rôtir vivant.

Oh, tu la fermes! j'ai dit. Je l'ai giflé. Pour cela, il a fallu que je fasse un bond.

Tu la fermes, espèce de vieux fou!

C'est la seule fois, je le jure, où je n'ai pas été chic avec lui.

Au moment d'aller me coucher, j'ai retrouvé dans ma poche le fameux chèque destiné à Myra. J'ai su alors que ce stratagème avait été minable. Ça m'a rendue folle. J'ai déchiré le chèque et je me suis promis d'avoir plus de jugeote à l'avenir.

Myra avait dû raconter que je me trouvais toujours dans les environs car, un jour, un garçon s'est amené. Je ne vous dirai pas son nom. On était en Floride et tout ça, aujourd'hui, c'est très loin. Personne n'a besoin de savoir. La prochaine fois que je viendrai en Floride, j'essaierai de le retrouver. Ne t'inquiète pas, je lui dirai. Tu n'y étais pour rien.

Tu voudrais faire quelque chose? il a demandé.

Quoi?

Je ne sais pas. On pourrait marcher, par exemple.

Je lui ai dit que c'était impossible, que j'avais du travail.

Je vais t'aider, il a dit.

Non. Mais tu peux attendre ici. Si tu m'attends, on sortira ensemble.

Il s'est assis devant la porte et je suis allée préparer le dîner d'Arthur. Je lui ai installé un plateau devant la télévision. Mes mains tremblaient tant j'étais énervée.

Toi, tu ne bouges pas, je lui ai dit. Je dois sortir un moment.

Le garçon et moi, nous avons descendu la rue jusqu'à la rivière et nous nous sommes assis sur les pierres qui étaient là. La nuit commençait à tomber. Il m'a dit qu'il m'aimait.

Non, ce n'est pas vrai.

Si, je t'aime. Vraiment. Tout le temps je pense à toi.

Qu'est-ce que tu penses de moi?

Rien. Je t'aime vraiment, c'est tout.

Si tu m'aimais vraiment, tu m'aurais emmenée au cinéma.

Je le ferai, il a dit. C'est sûr que je le ferai.

Non, j'ai dit, je ne peux aller nulle part.

Après cela, il a été mon petit ami et j'ai été sa petite amie. Pendant un certain temps. Il arrivait à la maison une fois que monsieur Bloomberg s'était endormi. Nous installions un matelas pneumatique à côté de la piscine et nous nous caressions. Parfois nous nous embrassions si fort que j'en perdais le souffle. Je me retournais alors sur le dos et je contemplais les étoiles qui tournoyaient dans le ciel.

Qu'est-ce que tu as? il demandait.

Rien. Je n'ai rien.

Viens ici, il disait, et il me ramenait vers lui.

J'étais vraiment très attachée à lui.

Je suis désolée d'avoir à dire qu'il était immature et incapable de garder un secret. Il a raconté à certains de ses amis que nous vivions tout seuls là-bas, monsieur Bloomberg et moi.

Ils sont venus traîner en vélo autour de la maison.

Eh, Linda! ils appelaient. Est-ce qu'on peut entrer, Linda? J'ai quelque chose à te montrer, Linda! C'est quoi, ça, Linda? Tu en voudrais, Linda?

Monsieur Bloomberg s'est dressé dans son lit. Trudie! il criait. Trudie! Je ne vois rien! Il fait trop sombre!

Je suis allée m'enfermer dans la buanderie en attendant que les choses se soient calmées.

Un homme s'est présenté le matin suivant et il a dit qu'il souhaitait parler à mes parents. C'était monsieur Vessy, notre voisin d'à côté.

Ils ne sont pas là pour le moment, monsieur Vessy. Est-ce que je peux vous être utile, monsieur Vessy?

Il a ignoré ma question.

Où est monsieur Bloomberg? Je veux lui parler tout de suite.

Arthur est sorti en clignant des yeux comme une chouette.

Oui, oui, il a dit.

Ces jeunes gens, a dit monsieur Vessy. La nuit dernière. C'était épouvantable. Impossible d'accepter ça. Un défi au bon voisinage. Je ne saurais le to-lé-rer!

Non, a dit Arthur. Vous ne sauriez le to-ré-ler.

Pardon? Et faites attention à votre piscine. Je ne peux pas m'empêcher de constater. Votre piscine, c'est une menace pour la santé, monsieur Bloomberg. Vous me comprenez? Il faut qu'elle soit récurée.

Récurez-le vous-même votre cul, a dit Arthur.

Qu'est-ce que vous dites?

Un bon et joyeux récurage.

Mais oui, il faut en prendre soin de votre piscine. Il n'y a pas de mal à dire ça.

Sûrement pas. Retournez le poser de l'autre côté de la haie. Entièrement récuré.

Oui, c'est ce que je veux dire. Entièrement récurée, votre piscine, a dit monsieur Vessy, et il est parti.

J'avais peur qu'il prévienne les services municipaux, aussi j'ai appelé la compagnie d'entretien pour tout remettre en marche.

L'homme qu'ils ont envoyé a fait toute une histoire de l'état des lieux et il a dit qu'il était obligé d'assécher entièrement la piscine. Il a sorti plusieurs objets de l'eau stagnante et il a rouvert la pompe d'alimentation.

Il m'a dit qu'il n'avait pas pris de petit déjeuner et qu'il apprécierait sûrement de boire un café. J'ai compris l'allusion et je suis allée dans la cuisine lui préparer une tasse de café instantané. J'ai entendu un hurlement. Je me suis avancée et j'ai vu monsieur Bloomberg en peignoir de bain qui essayait de casser une des chaises de jardin qui venaient d'être extirpées de la piscine. Il était couvert d'algues. Quand il m'a aperçue, il s'est précipité vers sa chambre et il a claqué la porte. Le réparateur avait disparu.

Je me suis alors approchée de la piscine. Elle s'était vidée de presque toute son eau. Et j'ai découvert l'homme. Il gisait au fond, le visage dans une flaque verte.

J'ai cru qu'il était mort.

J'ai couru me réfugier dans la buanderie pour réfléchir à ce que nous devions faire. J'entendais des grattements, des grincements, et monsieur Bloomberg qui grognait. J'ai pensé qu'il retirait le corps de la piscine, mais, en jetant un œil, j'ai vu qu'il installait sa vieille bécane sur le patio et qu'il l'enfourchait.

Je me suis avancée et je lui ai dit que nous devions prévenir la police.

Non, non, il a dit. Je n'ai pas le temps pour ça.

J'ai entendu des gémissements. Je me suis approchée de la piscine et j'ai vu que l'homme s'asseyait et se frottait la tête. Ainsi donc, il n'était pas mort, tout juste un peu assommé. Mais il s'était cassé la jambe et j'étais incapable de le sortir seule de là. Bon gré mal gré, j'ai dû appeler la police. En les attendant, je lui ai préparé un sandwich italien. J'espérais qu'en étant gentille avec lui il saurait garder sa langue, mais ça n'a pas marché. Du fond de la piscine il a attrapé le sandwich que je lui tendais et il l'a jeté contre la paroi. Ses gémissements ont repris de plus belle.

Une fois que le service médical d'urgence est parvenu à le hisser jusqu'au bord, l'homme a raconté que monsieur Bloomberg l'avait bousculé et fait tomber dans la piscine. Les policiers voulaient en savoir la raison, et l'homme a dit que cet individu était fou.

Monsieur Bloomberg a refusé de descendre de bicyclette pour être interrogé. Il a fait non de la tête et il s'est mis à pédaler de plus en plus vite. Ils ont fini par comprendre qu'il avait l'esprit dérangé. Ils ont discuté un moment pour savoir s'ils le faisaient monter dans l'ambulance du blessé. Non, non! criait l'homme. Pas avec moi! Éloignez-le de moi!

Je ne me souviens plus comment tout ça s'est terminé. Je crois qu'ils ont appelé une seconde ambulance.

Un policier m'a posé des questions et un autre m'a demandé si je connaissais quelqu'un qui puisse m'accueillir en attendant qu'ils aient contacté Maman.

J'ai dit : Myra Berkowitz et sa famille. C'était risqué, mais ça valait la peine de tenter le coup. J'ai fourré du linge propre dans un sac en papier et le policier m'a emmenée dans sa voiture officielle.

Madame Berkowitz nous a ouvert la porte. Le policier lui a expliqué rapidement la situation.

Oui, bien sûr, elle peut rester là, a dit madame Berkowitz.

Elle m'a serrée dans ses bras et tout et tout.

Elle m'a montré la chambre de Myra et là où était la salle de bains. Dans la chambre de Myra, il y avait un lit double supplémentaire qui servait aux amies de passage, si bien que je n'ai pas eu le sentiment d'être pour eux un fardeau.

Où est Myra ? j'ai demandé.

Myra n'est pas là. Elle est allée au cinéma avec son ami David. Vous voudriez manger quelque chose pour le dîner ?

Non. Dans quel lit je dois dormir ?

Celui-ci. Monsieur Berkowitz et moi-même, nous regardons à la télévision le programme *Mac Neil Lehrer Report*. Voulez-vous venir le voir avec nous ?

Non, j'ai dit. Et j'ai attendu qu'elle quitte la pièce.

Je l'ai entendue qui parlait de moi à son mari. Elle disait : Je ne sais pas quoi faire d'elle. Est-ce qu'il est convenable de la laisser ici, livrée à elle-même ?

Monsieur Berkowitz a répondu : Oui, oui. Laisse faire les choses. Elle va très bien. Nous ne pouvons rien pour elle.

Ça m'a semblé une remarque tout à fait vraie.

Je suis allée me laver dans la salle de bains, et puis

je me suis mise au lit et je suis restée immobile, à attendre.

Myra est rentrée plus tard. La soirée avec David Swartz l'avait mise en nage, elle a donc pris une douche. Elle s'est ensuite faufilée dans son lit et elle a éteint la lumière.

Comment c'était le cinéma? j'ai demandé.

Elle a fait comme si elle dormait et qu'elle ne pouvait pas m'entendre.

D'accord. Je voulais dormir moi aussi, mais je n'y arrivais pas. Chaque fois que je fermais les yeux, je revoyais l'homme qu'ils sortaient de la piscine, tout pâle et ensanglanté, et monsieur Bloomberg juché sur sa bicyclette, qui cherchait à s'enfuir en pédalant à toute vitesse.

C'était comme une télévision dont je n'arrivais pas à couper l'image.

7

Miss Paschonelle me dit que le juge voudrait savoir pourquoi j'ai brisé la fenêtre de notre chambre au Centre. Je vais prendre un moment pour l'expliquer.

Avant tout, je tiens à préciser que cela n'a été qu'un incident isolé.

Crystal Ramirez, la fille à l'oreille trouée, avait reçu les résultats de son test du sida. Elle est séropositive. Je n'ai pas scrupule à le mentionner car le fait n'est plus confidentiel. Dans sa famille, la grand-mère a mangé le morceau et la nouvelle est arrivée au Centre en moins de temps qu'il n'en faut pour le dire.

Bien. Sœur Marie Joseph explique que nous n'avons pas à nous inquiéter, sauf s'il y a eu contact entre des substances sanguines.

Comment cela peut-il survenir? elle demande. Je voudrais que vous y réfléchissiez.

En échangeant nos brosses à dents.

Oui, je crois que c'est une possibilité. Mais j'aimerais que vous m'en citiez d'autres.

En saignant du nez. Par exemple, l'une a une coupure à la main, l'autre saigne du nez. Le sang du nez de l'une coule sur la blessure de la main de l'autre…

Oui. Vous, vous viendrez me dire si Crystal a saigné du nez. Quoi d'autre? Qu'est-ce qui fait qu'on entaille volontairement la peau?

Le tatouage…

Quand on perce les oreilles de quelqu'un…

Je me suis sentie concernée. D'ailleurs j'y avais pensé.

Oui, très juste. Ce qui veut dire, Crystal, qu'il ne faut pas se faire percer les oreilles ni toute autre partie du corps et qu'il ne faut pas se faire tatouer. Vous avez bien compris? Personne n'est censé percer la peau de Crystal et elle n'est pas censée percer la vôtre. Parce que, si elle perçait votre oreille ou toute autre partie de votre corps et que son doigt se mette à saigner, ça pourrait être grave.

Jackie Cochran demande s'il est permis de toucher quelqu'un, et sœur Marie Joseph répond: Oui, bien sûr, mais Jackie fait la moue. Parce que, elle dit, Crystal a laissé Linda la toucher.

Non, ce n'est pas vrai, j'ai dit. Mais aucune ne m'a crue. Sœur Marie Joseph a donné l'ordre à Jackie de se taire, mais la graine du soupçon était semée. Plus tard, elle m'a prise à part et elle m'a demandé des explications.

En réalité, il n'y avait pas l'ombre d'un problème. Juste ceci: depuis très longtemps j'avais envie de toucher l'oreille trouée de Crystal. Quand j'étais à la cafétéria, la vue de cette oreille me fascinait. Ma gorge se serrait au point qu'il m'était impossible d'avaler quoi que ce soit. J'ai essayé de ne plus y penser, mais c'était sans espoir, si bien que j'ai fini par lui demander : Est-ce que je peux la toucher, ton oreille ? C'était un matin de bonne heure, nous n'étions pas encore debout.

D'accord, elle a dit, et elle m'a laissée me glisser dans son lit. J'ai touché son oreille. La peau était douce, sauf le bord du trou, qui grattait.

Je lui ai demandé si ça lui faisait mal, et elle a dit que non, que c'était maintenant cicatrisé. Sa mère voulait qu'on lui obture ce trou et qu'on lui recouse l'oreille. Mais il aurait fallu pour ça envisager une opération et elle n'avait pas très envie de s'en préoccuper.

Non, j'ai dit. C'est très bien comme ça.

Tu crois ?

Oui. De toute façon, merci de m'avoir laissée la toucher.

Elle m'a dit que je pouvais venir la toucher encore, les fois où je serais désespérée.

C'est une vraie amie. Quand je l'aurai quittée, j'espère que nous aurons la possibilité de nous retrouver de temps en temps.

C'est une cousine à elle qui lui a troué l'oreille. Crystal portait des boucles et cette fille, avec son doigt, a élargi l'ouverture jusqu'à lui trouer le lobe. Elle a fait ça parce que son petit ami ne cessait pas de dire que, dans quelques années, Crystal deviendrait un sacré brin de fille.

Le sang a coulé partout sur ses vêtements. Son père a refusé de l'amener chez leur docteur parce qu'il n'était pas conventionné. Il a tenté de colmater le trou avec du ruban adhésif, mais ça n'a pas marché. Finalement, le trou s'est cicatrisé de lui-même.

Vous pouvez donc constater qu'il n'y a jamais eu de contact entre des substances sanguines quand je lui ai touché l'oreille. Absolument rien de ce genre. Si vous voulez faire des analyses, allez contrôler son père. C'est lui qui sans doute a été en contact avec le sang de sa fille.

Parfait, a dit sœur Marie Joseph. J'étais visiblement une amie sincère, elle a dit, et il serait bien que je veille sur Crystal pour lui éviter d'avoir des ennuis. Elle est d'une nature si candide, a dit sœur Marie Joseph, que parfois des gens malintentionnés l'entraînent là où il ne faudrait pas. J'ai répondu que j'étais d'accord pour ça. C'est devenu aujourd'hui une de mes responsabilités.

Sœur Marie Joseph sait que moi, je ne suis pas facile à vivre. Je suis donc, comme on dit, l'homme de la situation.

J'avais brisé la fenêtre avant cette conversation.

Je me suis sentie très mal lorsque j'ai appris que Crystal était séropositive. J'étais assise sur mon lit et je la regardais qui rembourrait son oreiller avec ses mains couleur d'ambre. Je me demandais ce que je devais faire. Elle m'avait donné le nom du type qui lui avait filé le sida et j'avais décidé de lui tirer dessus. Nous étions dans l'obligation morale de le tuer et je pensais être la personne idéale pour cette mission. Je n'avais aucun motif pour m'attaquer à lui, de plus j'attendrais jusqu'au moment où Crystal aurait un alibi solide. J'avais d'abord envisagé de l'aborder en lui disant :

Bonjour, James (je ne donne pas son vrai prénom). Tu sais que tu as filé à Crystal le virus du sida?

J'ai pensé ensuite qu'il vaudrait mieux lui laisser une chance de regretter son acte et d'implorer pardon. Je lui aurais alors dit d'un ton très calme: Désolée, James, mais tes regrets ne suffisent pas. Il faut que tu nous quittes. Et puis, bang! bang! Je lui aurais tiré deux balles dans le cœur.

J'ai réfléchi à tout ça pendant un certain temps. Ce qui m'ennuyait, c'était l'éventualité que, pendant que nous serions en train de parler, quelqu'un se précipite à son secours ou bien qu'il saisisse sa chance et se jette sur moi pour m'arracher le revolver.

Et que se passerait-il s'il me disait: Eh bien, toi que je ne connais pas, vas-y, tire! Tu es l'instrument du destin. J'ai amèrement regretté d'avoir blessé Crystal et je me serais fait justice moi-même si je n'étais pas un être aussi couard.

Que se passerait-il s'il me disait ça? Ma détermination tomberait en miettes et je serais incapable de mener ma vengeance à son terme. Je ne crois pas que j'aurais le cœur de tuer quelqu'un qui éprouverait un remords véritable.

J'ai donc décidé que, sans ouvrir la bouche, je tirerais à bout portant sur lui, et ainsi le monde s'en porterait mieux.

Je me suis sentie en pleine forme après ça. Mais j'ai pris brusquement conscience de ce que ça signifiait. Que se passerait-il si je tuais ce garçon? Ce serait comme si j'avais été la seule personne digne de savoir ce qui convenait ou ne convenait pas à chacun d'entre nous. Comme si j'avais endossé l'habit du justicier de l'univers.

C'était là, selon Miss Paschonelle, un raisonnement qui ouvrait des perspectives intéressantes, mais sur le moment je me suis sentie contrariée. C'est pourquoi j'ai brisé la fenêtre de notre chambre et les lampes du hall.

L'acte était prémédité, et je ne peux pas invoquer un geste de folie. J'ai attendu que Crystal quitte la pièce pour qu'elle ne soit pas mêlée à l'affaire. Est-ce que tu viens prendre ton petit déjeuner? elle a demandé. Un moment, j'ai dit. Je t'attends, elle a dit. Non, vas-y. J'ai besoin d'être seule. D'accord, elle a dit, et elle est sortie. Voilà ce qui est bien au Centre. Quand vous voulez vous isoler, personne ne vient vous demander: Eh, qu'est-ce qui se passe? Ici, chacune vit avec une part sombre au fond de soi, et chacune est seule à pouvoir de temps à autre s'en décharger.

Quand j'ai estimé que Crystal était arrivée à la cafétéria avec vingt témoins oculaires qui pourraient l'assurer, j'ai brisé la fenêtre en me servant d'une chaise. L'air froid s'est engouffré dans la chambre et plusieurs personnes qui passaient dans la rue se sont arrêtées et m'ont dévisagée. La bouche grande ouverte, elles avaient toutes l'air ahuri. Eh, vous, connards, j'ai dit, qu'est-ce que vous contemplez comme ça? J'ai jeté un oreiller par la fenêtre. Un homme s'en est emparé et il s'est enfui. Je ne raconte pas de blagues. Sûrement un sans-abri, pour qui c'était une nécessité vitale de voler un de nos oreillers flasques. J'ai jeté d'autres objets. Sœur Angelica est arrivée et elle a tenté de m'immobiliser, mais j'ai réussi à m'échapper et à rejoindre le hall, où j'ai détruit un certain nombre de lampes avant d'être maîtrisée.

Voilà les circonstances dans lesquelles j'ai brisé la fenêtre de notre chambre. Je regrette aujourd'hui de l'avoir fait. Je le dis sincèrement. Je le regrettais déjà au moment même où je la brisais. Mais, comme l'explique Miss Paschonelle, je ne disposais pas alors d'un médium approprié pour libérer ma frustration.

Désormais, lorsque je me sens frustrée, ou bien je passe l'aspirateur ou bien je rédige mon rapport. Je préfère passer l'aspirateur et enlever la poussière et les débris qui parsèment la pièce de la télévision. J'adore m'attaquer à des surfaces très sales. L'aspirateur les nettoie par séries successives de longues bandes bien nettes, et les résultats vous sautent tout de suite aux yeux.

Sœur Marie Joseph dit qu'aussi longtemps qu'il y aura des taches à faire disparaître, les fenêtres ne risqueront rien. C'est une bonne personne, vraiment, et qui sait détendre l'atmosphère.

Maman semblait en bonne forme quand elle est réapparue en Floride. Elle avait pris un peu de poids et elle s'était fait raccourcir les cheveux. Ils encadraient son visage en petites mèches raides. Elle portait un nouveau tailleur. Elle m'a dit qu'il était en peau de requin, mais j'ai eu ensuite l'occasion de vérifier qu'il avait été fabriqué dans une matière ordinaire.

Elle est venue me prendre chez les Berkowitz et

nous sommes retournées en taxi à la maison d'Arthur. Elle regardait par la vitre pendant le trajet.

Regarde ces palmiers, elle a dit. On dirait des lavettes géantes. J'avais oublié à quel point tout est affreux ici.

Je lui ai demandé des nouvelles de Hibbing et elle m'a répondu qu'elle n'y vivait plus. J'ai rencontré quelqu'un, elle a dit. Je crois que je vais peut-être me remarier.

Je n'avais aucune envie d'entendre ça.

Et avec qui ? j'ai dit. Avec le docteur Rodgers ?

Non. Qu'est-ce qui te fait dire ça ? Je l'ai presque complètement rayé de ma mémoire.

Parce que, s'il s'agit du docteur Rodgers, je ne viendrai pas.

Je t'ai dit que ce n'était pas lui. Il s'appelle Frank. Frank Perry. Tu ne l'as jamais vu.

Eh bien, c'est qui, Frank Perry ? Où tu l'as rencontré ?

Oh, je le connais depuis des années. C'est un vieil ami à moi.

Elle n'a pas osé me regarder dans les yeux en disant ça. Elle a frappé à la vitre de sécurité qui nous séparait du chauffeur de taxi.

Pourriez-vous, s'il vous plaît, mettre la climatisation ? elle a demandé. On étouffe à l'arrière.

Une fois arrivées à la maison, la première chose qu'elle a faite, ç'a été de regarder dans la piscine. Le fond commençait à s'assécher. Il s'était fendillé et avait changé de couleur. Il n'était plus vert vif comme avant, mais couleur de terre. Je ne sais pas où étaient passées les grenouilles. Elles avaient dû mourir. Le sandwich italien, lui, était toujours là, apparemment aussi frais qu'hier, avec sa moutarde couleur jaune clair.

Il était là? elle a demandé.

Qui?

L'homme. L'homme qui est tombé dans la piscine.

Oui. Est-ce qu'on va rester à la maison?

Pendant quelques jours. Je ne sais pas. On va voir. Demain, je dois rencontrer un notaire. Carol Bloomberg a piqué une crise au sujet de cet argent. Tu es certaine qu'Arthur a dilapidé tout ce qu'il avait?

Oui. J'ai les lettres.

Bien. Surtout, n'allume pas les lumières. Je ne tiens pas à ce que les voisins sachent que je suis ici. Nous irons dormir dans ton lit quand il fera nuit.

Elle se déshabille. Elle se retourne et je découvre qu'elle attend un nouveau bébé.

Je n'ouvre pas la bouche.

Eh bien, qu'est-ce que ce regard est censé vouloir me dire? elle demande.

C'est le bébé de qui?

Ne me parle pas sur ce ton. Je t'ai dit que j'avais rencontré quelqu'un. On ne va pas en faire toute une histoire. Il brûle d'envie de m'épouser. Je n'ai qu'à dire oui. De toute façon, pourquoi fais-tu cette tête? C'est mon enfant. Et Frank en est heureux. Tu ne crois pas que ça serait une bonne chose pour toi de savoir au moins sauver les apparences? Est-ce qu'Arthur t'a vue comme ça?

Comme quoi?

Comme ça. À moitié nue.

Je ne sais pas. Des fois.

Maman a jeté un coup d'œil à travers le store vénitien. La nuit tombait.

On peut allumer les lumières, je lui ai dit. Aucun problème. Personne ne nous remarquera. À cette heure-là, ils sont tous devant leur poste de télévision.

Elle a laissé retomber la latte du store. Elle s'est retournée et elle m'a regardée. Est-ce qu'il s'est passé quelque chose pendant que je n'étais pas là?

Quoi?

Ce serait à toi de me le dire. Je vais demander à un médecin de t'examiner quand nous serons rentrées. Il sera en mesure de me préciser si un homme t'a fait des choses.

Non, personne ne m'a rien fait.

Je ne crois pas que je pourrais supporter une seconde d'apprendre que ce vieux fou t'a fait des choses.

Je t'ai déjà dit qu'il ne m'avait rien fait.

Elle s'est mise au lit et elle a tiré la couverture jusqu'au menton. On le découvrira, n'est-ce pas? Quand on l'aura demandé au médecin.

Ils ne sont pas capables de le dire. De dire toute la vérité.

Bien sûr que si. Ils t'examinent et ils peuvent décrire exactement ce qui t'est arrivé.

Non.

Pense ce que tu veux. Moi, je me contente de te dire les faits.

8

C'était mon premier voyage en avion. Personne, je crois, n'aurait pu le deviner. J'ai gardé tout mon calme. L'hôtesse de l'air nous a invités à attacher nos ceintures et nous a expliqué ce qu'il convenait de faire au cas où de petites tasses jaunes tomberaient du plafond.

Vous plaquez une des petites tasses sur votre visage et vous respirez normalement. Ne vous inquiétez pas si le sac en plastique ne gonfle pas. Ils n'ont pas prévu qu'il gonfle.

Juste avant l'atterrissage, Maman a mis quelques gouttes de parfum sur son front et elle m'a demandé de me recoiffer.

Maintenant, écoute, elle dit. Il va falloir que tu te tiennes bien. Frank a ignoré ton existence jusqu'à ces tout derniers jours. Je voulais lui parler de toi, mais j'ai sans cesse remis ça. Et puis un jour, ça a été trop tard. On avait atteint un point où, si je lui avais révélé la vérité, j'aurais donné l'impression que je t'avais cachée comme un terrible secret. De ses doigts, elle effleure son ventre. Ce n'est pas facile, elle dit. Deux gosses, et maintenant celui-là.

Tu es certaine qu'il est au courant pour moi?

Évidemment, puisque je viens de te le dire. Qu'est-ce que tu as? Tu es si méfiante!

Elle pose à nouveau la main sur son ventre. Je ne te raconte pas de bobards. J'aurais souhaité que rien de cela ne soit arrivé.

Frank et Stoppard nous attendaient à la sortie des passagers. Les cheveux de Frank étaient coupés à ras sur le dessus mais ils lui descendaient bas dans le dos. Il avait un petit diamant dans l'oreille. Telle était son apparence extérieure. Un individu censé être d'âge adulte et qui se déguisait en punk. Je n'avais aucune envie de le regarder.

J'ai dit à sœur Marie Joseph que dans les aéroports ils devraient utiliser des installations capables de détecter les dingues. Au moment où Frank passerait sous le portique, l'alarme se déclencherait, les agents de la sécurité surgiraient, leurs armes dégainées. Il chercherait à prendre la fuite, car c'est sa nature de fuir.

Et plof! il s'effondrerait, le corps transpercé de balles.

Je m'en moquerais. C'est ce que j'ai dit à sœur Marie Joseph. L'issue me laisserait parfaitement indifférente.

Linda, je n'aime pas vous entendre parler de cette manière, elle dit. Vous devriez vous efforcer d'oublier Frank. Et non pas de le haïr.

Crystal avait couru pieds nus dans le hall et elle s'était enfoncé une écharde. La sœur cherchait à la lui retirer pour éviter l'infection.

Que Dieu lui pardonne, j'ai dit. C'est Son boulot.

Sœur Marie Joseph a posé l'aiguille et elle m'a

regardée avec une attention particulière. Non, ça ne peut pas aller comme ça, elle a dit. Je sais qu'il a commis un acte terrible, mais vous devez vous obliger à apprendre à oublier. Je sais que c'est une épreuve difficile. Mais si vous arriviez à ressentir, à partager le désespoir qui habita son âme pendant les ultimes minutes de sa vie, toute l'amertume et la haine qui sont les vôtres finiraient par disparaître. La haine, Linda, nous amenuise. Une âme qui s'abreuve de haine rétrécit jusqu'à n'être plus qu'un noyau stérile et froid de noire désespérance.

Elle me secoue les épaules. Est-ce que vous me croyez, Linda ?

Oui, je dis. Oui, je vous crois.

Nous n'en avons jamais reparlé. J'ai maintenu Crystal pendant qu'elle lui retirait l'écharde du pied. Mais je me suis sentie beaucoup mieux et j'ai compris qu'elle avait dit vrai. Depuis, je m'efforce d'oublier Frank chaque fois que j'ai le courage de repenser aux événements. L'après-midi du dimanche est un moment très agréable. Je m'allonge sur mon lit, je contemple le plafond et je me remémore le passé.

Frank habitait un quartier minuscule aux limites de la ville. L'unique rue venait buter sur la route nationale à la hauteur de la station-service Mobil, puis elle faisait un coude et dévalait jusqu'à la rivière. De l'autre côté de la rivière, il y avait la rampe d'accès au parking de l'hôpital universitaire. Je l'apercevais depuis ma chambre.

Il travaillait pour une entreprise spécialisée dans la pose de fenêtres. Il n'avait pas beaucoup d'argent, mais il était propriétaire de sa maison. Il l'appelait «la surprise du bricoleur en chef». À entendre, ça impressionnait, mais ça voulait dire en réalité qu'elle était en mauvais état et qu'elle réclamait beaucoup de travaux. Le portail d'entrée tombait en ruine et les murs se craquelaient. Mais il allait réparer tout ça, puis il vendrait la maison et il en tirerait un bon profit.

C'était un des moyens qu'il imaginait pour devenir riche. Il disait aussi qu'il allait se lancer à son compte dans la commercialisation d'objets décoratifs pour pelouses – des imitations d'animaux de ferme fabriquées en contreplaqué et peintes à la main.

Il m'a raconté tout ça le soir de notre arrivée, une fois que Maman et Stoppard sont allés se coucher. On était assis dans la cuisine, on buvait du café et on grignotait les tranches d'un cake aux carottes Sara Lee.

Regarde ça, il dit.

C'était un article dans une revue technique. Sur la première page il y avait une photo d'une maison style ranch avec, posés sur la pelouse, une quinzaine de moutons et de vaches en contreplaqué peint.

Lis ce qui est souligné, il dit.

Au terme du premier mois d'exploitation au cours duquel il a utilisé les superbes maquettes de bétail proposées par Press Ease, J.P. Dimwiddy, de Carlyle, Pennsylvanie, a dégagé un chiffre d'affaires de quatre mille trois cents dollars.

Il développe actuellement sa production afin de faire face à une augmentation prévisionnelle de 20 % de ses commandes.

Il m'a dit qu'il avait acheté des maquettes semblables et que dans quelques semaines il fabriquerait lui-même des animaux de ferme en contreplaqué.

Bien sûr, je n'attends pas des résultats aussi spectaculaires que ceux de l'homme de Pennsylvanie. Du moins pour le premier mois.

Au fait, où tu as rencontré Maman? je lui ai demandé.

Il a eu un rire.

Sur l'autoroute, en Géorgie. Sa vieille Cadillac avait perdu une barre de suspension. Je l'ai fait monter à bord, et tu sais le reste.

Qu'est-ce que tu faisais en Géorgie?

Je revenais de Floride. J'étais descendu là-bas après les dernières tempêtes sur la côte Est. Je travaillais en free-lance pour des chantiers de construction.

Ça t'a plu, la Floride?

L'horreur. Là-bas, même l'herbe est vorace. Je n'ai parlé à personne pendant quinze jours. Je préfère ici. Toi aussi, tu aimeras mieux. Mais ne crois pas ce que les gens racontent sur le temps qu'il fait.

Nous avons fini le cake aux carottes, et il a sorti du placard des sachets de Hostess Twinkies.

Tu sais, il dit, j'ignorais que tu existais jusqu'à ces tout derniers jours.

Oui, Maman me l'a dit. Ça t'ennuie?

Non. Tu es comme... Comment ça s'appelle ce

que tu reçois de spécial à Noël? Un cadeau surprise. C'est ça, tu es comme un cadeau surprise.

Il s'est assis et il a souri.

Je vais être franche. Ce soir-là, j'ai cru que ça pourrait marcher.

J'étais heureuse de retrouver Stoppard. J'ai profité de la première occasion pour le déshabiller et l'examiner. Il était assez propre à l'extérieur, mais dégoûtant pour le reste.

Mon Dieu, je dis, tu ne changes donc jamais de slip?

J'en ai pas d'autre.

Je l'ai baigné et je lui ai passé un de mes slips. Il était furieux de mettre un slip de fille, mais je lui ai dit: On ne discute pas. Qui le saura?

Le lendemain matin, je me suis levée de bonne heure et je suis allée jusqu'au supermarché Krogers. Je lui ai acheté des sous-vêtements tout neufs. Des Fruit of the Loom. Un lot de trois au prix de 4,69 dollars. Sur mon propre argent.

Ils vendaient des beignets en promotion. J'en ai aussi acheté une dizaine.

Au retour, je les ai posés sur une assiette. J'ai dit à Frank que c'était ma contribution au petit déjeuner.

Tu n'as pas à contribuer à quoi que ce soit, il dit.

Si, je dis. Je ne veux pas que tu penses que je suis un parasite. Je paierai quand j'en aurai envie aussi longtemps que nous serons là, si ça ne te vexe pas.

D'accord, aucune objection, il dit. Visiblement je l'avais impressionné.

Bien sûr, je n'ai pas toujours payé quand j'en avais envie, mais j'ai pris l'habitude de ramener de temps à autre des achats à la maison. Il adorait les chips. On a goûté à toutes sortes de saveurs possibles.

Un jour, j'achète un paquet de chips tortillas relevées au mesquite. J'ai pensé que ça te ferait plaisir de goûter celles-là, je lui dis. Je ne sais pas si c'est bon. C'est juste pour essayer.

Fameux, il dit. Vraiment bon.

Tu n'es pas obligé de les manger si tu ne les aimes pas.

Mais si. Vraiment bon.

Non. Je devine que tu ne les aimes pas. Je vais les jeter.

Petite brute, il dit, en faisant semblant de me bourrer les côtes de coups de poing.

Il ne s'est arrêté qu'au moment où je lui ai rendu le paquet de chips.

Ça énervait Maman que Frank et moi nous nous entendions si bien. Est-ce que tu vas arrêter de lécher les bottes de Frank ? elle disait. Tu deviens une véritable petite sangsue. Tu le sais ?

Elle devait s'allonger l'après-midi parce que le bébé à venir faisait grimper sa tension. On laissait les fenêtres ouvertes pour qu'elle puisse respirer. Les rideaux claquaient au vent.

Tu n'as pas à me dicter ce que je dois faire, je lui ai répondu. Je sais de qui est cet enfant. L'homme en question ne t'a jamais aimée. Il a simplement vu l'occasion qui se présentait et il l'a saisie.

Elle s'est mise à pleurer, mais j'ai durci mon cœur et je suis partie.

Elle ne pouvait pas en conscience me traiter de haut. Non, surtout pas avec ses antécédents.

Je suis retournée à l'école. J'attendais le car de ramassage scolaire près de la station-service Mobil. Il faisait encore nuit quand il arrivait. Brusquement, ses lumières rouges et jaunes s'allumaient et la circulation était obligée de s'arrêter. À l'intérieur régnaient des odeurs de sandwichs et de garçons. Je me suis trouvée tout de suite une amie. Je n'étais pas une marginale, vous pouvez le vérifier. Je m'asseyais à l'arrière avec Eileen. Elle tenait à la main un crayon bien taillé qu'elle ne lâchait jamais. Quand un garçon vous poussait pour prendre votre place, vous pointiez le crayon et il se piquait les fesses.

Un jour, nous avons enlevé nos soutiens-gorge sans pour autant ôter nos vestes, et personne ne l'a remarqué. Nous les avons fait tournoyer en l'air. Un des garçons a volé le mien et l'a balancé vers l'avant du car. Madame Seaforth, qui s'y trouvait, s'est levée et elle est revenue vers nous. Elle tenait à la main le soutien-gorge, que quelqu'un avait noué en boule.

Parfait, elle a dit. À qui appartient ça?

Personne n'a ouvert la bouche.

Jennifer? Je t'ai à l'œil.

Nous avons tous dirigé sur Jennifer des regards accusateurs. Son père la conduisait chaque jour à l'arrêt du car. Avant qu'elle parte, il la serrait très fort dans ses bras.

Ce n'est pas à moi, madame Seaforth.

À qui est-ce alors ?

À Linda !

Oh, je dis, quel mensonge, madame Seaforth ! Le mien, je l'ai sur moi, madame Seaforth ! Je peux vous le montrer, madame Seaforth !

Ce ne sera pas nécessaire, Linda. Toi, Jennifer, tu te lèves et tu viens t'asseoir à l'avant avec moi.

Oh, dit Jennifer, mais je n'en porte pas ! J'ai juste un tee-shirt, madame Seaforth !

C'était grand. Nous étions mortes de rire.

À la maison, je devais frotter le dos de Maman. L'enfant était lourd à porter et elle en éprouvait beaucoup de gêne. Elle s'allongeait sur le côté et je calais mes genoux contre elle pour bien la masser.

C'est la dernière fois, elle dit. Il n'y en aura plus jamais d'autre.

Ses mains et ses pieds gonflaient. Elle a enlevé ses bagues juste à temps. On a même dû se servir du savon pour les faire glisser. Le médecin a dit que, quelques jours plus tard, les bagues auraient provoqué un arrêt de la circulation sanguine. Ses doigts auraient pris une couleur noire et ils auraient été perdus.

Et puis les premiers signes sont apparus, mais le travail d'accouchement ne s'est pas déclenché tout de suite. Elle était alors terrorisée. Elle croyait qu'elle allait mourir à cause de ce bébé géant enfoncé dans son corps. J'ai réveillé Frank et il l'a emmenée aux urgences. De toute manière, c'était le plan que nous avions arrêté puisqu'elle n'avait pas de protection sociale. Le matin, Frank est revenu. Tout allait pour le mieux, il a dit. C'était un garçon.

Maman est rentrée à la maison avec le bébé et elle l'a installé sur son lit. Il était enveloppé dans une couverture en papier qu'elle a ouverte pour que Stoppard et moi nous puissions le voir. Il était rouge clair. Il avait une large tête, un gros ventre, des petites jambes et des petits bras décharnés qu'il agitait en tous sens. Impossible de le prendre au sérieux.

Le four à micro-ondes s'est mis à sonner et Maman est allée s'en occuper.

Tu changes Tyler, tu veux bien? elle dit.

C'était son prénom, Tyler.

Je suis sortie et je me suis assise sur mon lit. Je n'avais nullement l'intention de m'occuper de ce bébé-là. Je l'entendais qui couinait et Stoppard, à côté, qui essayait de le calmer.

Toi, Stoppard, tu ne te colles pas à lui! j'ai crié, mais il ne m'écoutait pas.

Quand elle est revenue, Maman s'est mise hors d'elle.

Mais qu'est-ce qui se passe? Est-ce que je ne t'avais pas dit de t'occuper du bébé?

Si, tu me l'as dit. Appelle Cindy Rodgers et demande-lui de s'en occuper à ma place. C'est son frère, pas le mien.

Maman va fermer la porte pour que Frank et Stoppard ne puissent pas entendre.

Plus un mot sur ces gens-là, tu as compris? elle

dit. Je ne te le répéterai pas. On ne plaisante pas avec ça.

D'accord, je dis, mais je ne m'occuperai pas de ce bébé.

Qui te l'a demandé? Tu crois que j'ai besoin de toi? Tu ne me sers à rien du tout.

Cette attitude n'a pas duré longtemps. Un vendredi, je rentre de l'école et elle est là, à m'attendre. Elle s'est mise sur son trente et un: son tailleur en fausse peau de requin et un collant neuf. Elle dit qu'elle doit aller voir des gens en ville. Elle a préparé le dîner, il est près du four.

Qui? je demande. Qui tu vas voir?

Ça ne te regarde pas. Il te reste combien d'argent?

Je n'ai plus rien.

Ne me mens pas, affreux petit pou! Tu crois que je suis une imbécile? Je sais très bien que tu as vidé le compte en banque d'Arthur avant que nous partions.

Elle m'a obligée à lui montrer une de mes cachettes. Je vais vous la révéler puisqu'elle a cessé d'être secrète: devant la fenêtre de ma chambre, à l'intérieur de la tablette d'appui, c'est la petite cavité recouverte d'une plaque à vis.

J'ai dévissé la plaque, j'ai retiré ma bourse avec de l'argent dedans et je la lui ai donnée. Elle a passé sa main dans la cachette pour s'assurer qu'il ne restait rien. Elle voulait que je lui dise où étaient mes autres cachettes. Mais je lui ai répondu que je n'en avais pas.

Petite menteuse! elle a dit, mais elle s'en est tenue là. Il y avait assez d'argent dans la bourse pour qu'elle se donne du bon temps pendant encore un moment. Soixante-deux dollars et de la monnaie. Elle a pris les billets et elle m'a laissé la monnaie.

Elle est sortie, elle s'est assise avec le bébé sur la première marche du perron et elle a attendu que Frank revienne. Lorsqu'il est apparu au bout de l'allée, elle s'est avancée vers lui. Je les voyais qui discutaient. Elle a fini par lui confier le bébé. Il lui a donné les clés, elle est montée dans la camionnette et elle a démarré.

Frank est entré dans la maison.

Ta mère a un rendez-vous. Un entretien pour un boulot. Elle a dit qu'elle ne dînerait pas avec nous. Qu'est-ce que ça sent?

Le curry.

D'une main, il a tenu le bébé en équilibre et, de l'autre, il a touillé dans la casserole.

Eh bien, il a dit, ça a l'air absolument délicieux.

Je me suis réveillée au milieu de la nuit. J'entendais le bébé qui hurlait. Je suis descendue. Frank était dans la cuisine et essayait de lui donner un biberon, mais il ne savait pas s'y prendre. Il avait trop fait chauffer le biberon, et le liquide aurait brûlé la gorge du bébé.

Donne-moi ça, je lui dis. J'empoigne Tyler et je laisse tremper le biberon dans l'eau froide.

Ta mère n'est pas rentrée, dit Frank. Il est plus d'une heure. Tu crois qu'il est arrivé quelque chose?

Non.

On pourrait peut-être appeler la police.

Non!

Je ne comprends pas. Je pensais que tout allait tellement bien.

Des fois, elle en a marre.

Eh bien, il dit, si elle s'imagine qu'elle peut partir d'ici et aller valser chaque fois qu'elle en a marre, elle se fait des illusions !

J'ai cru qu'il allait vraiment devenir méchant, mais ce n'était que des paroles.

Elle est rentrée au moment où nous prenions notre petit déjeuner. Elle n'était pas ivre, mais elle paraissait épuisée et elle était couverte de poussière comme si elle avait marché toute la nuit. Je n'ai jamais pu savoir ce qu'elle avait fait de mes soixante-deux dollars.

Elle s'est versé une tasse de café. Son regard se perdait au-delà de la fenêtre. Personne n'osait dire un mot. Stoppard a essayé de se rouler en boule contre elle. Elle lui a donné une gifle.

Sors de là ! elle a dit. Ma peau me fait mal.

Finalement Frank s'est enhardi à lui demander où elle avait été. Elle lui a sauté à la gorge.

Je n'ai pas à te le dire ! Je n'ai aucun compte à te rendre ! Ça ne te regarde pas !

Mais nous étions morts d'inquiétude…

Eh bien, c'est votre problème, non ? J'étais en crise, Frank. En crise. Est-ce que tu comprends ?

Elle a jeté sa tasse dans l'évier et elle s'est traînée jusqu'en haut de l'escalier. Frank ne l'a pas suivie tout de suite, puis il est monté lui aussi. Je les entendais qui passaient de pièce en pièce, claquant les portes, hurlant, pleurant. J'ai voulu faire sortir Stoppard dans le jardin, mais il a refusé de bouger. Il était assis et il se cramponnait des deux mains à sa chaise. Au bout d'une dizaine de minutes, les choses ont commencé à se calmer.

Quand ils sont redescendus, ils se tenaient par la main et Frank avait un large sourire.

Il a dit qu'ils avaient arrêté la date. Ils se marieraient en octobre.

Nous voulions que vous, les gosses, soyez les premiers à l'apprendre, il dit.

Magnifique, j'ai dit.

Miss Paschonelle m'a demandé quelle avait été ma réaction émotionnelle à cette scène.

Vous voulez dire quoi?

Étais-tu heureuse? triste? effrayée? que sais-je encore?

Je lui ai répondu que je n'avais strictement rien ressenti. Je savais que le mariage n'aurait jamais lieu.

Le même jour, Frank est venu m'apporter Tyler dans son berceau en osier. Il l'a installé dans un coin de ma chambre, près de la fenêtre.

J'ai pensé que je pouvais amener le bébé chez toi, pour un moment. Ta mère a besoin de dormir. C'est d'accord?

Ouais.

Juste pour quelques heures.

Je t'ai dit que c'était d'accord.

Il est retourné sur la pointe des pieds dans le couloir et il a refermé la porte de leur chambre derrière lui sans faire le moindre bruit.

Ils ne sont jamais revenus chercher le berceau. À partir de ce jour, Tyler n'a plus quitté ma chambre. Mais je ne vais pas commencer aujourd'hui à m'en plaindre. C'était sûrement ce qu'il y avait de mieux à faire.

9

C'est un miracle que Jack et moi nous nous soyons rencontrés.

Je l'ai dit à sœur Angelica, mais elle n'a pas aimé ça.

Un miracle dévoile la main de Dieu.

Ce que je voulais dire par là, c'est que si on dressait la liste des événements qui nous sont arrivés pour la première fois, moi je pourrais y mettre presque tout de moi. Pratiquement tous les instants de ma vie.

Je l'ai dit à Jack. Qu'est-ce qui se serait passé si Arthur Bloomberg n'était pas devenu fou près de la piscine, si Maman n'avait pas quitté la Floride et ne s'était pas mise en ménage avec Frank ? Je ne serais pas là.

Il a dit oui. Regardée d'un certain point de vue, toute l'histoire du monde est ainsi faite qu'elle permet à ces événements premiers de modeler le cours de nos vies.

Les circonstances, il a dit, régissent le sort de l'être humain. Notre destin s'écrit dans les faits.

Sœur Angelica pense que ces paroles n'étaient qu'une manière pour lui de se justifier. Le libre arbitre nous a été accordé. Et nous avons l'obligation morale de choisir le bien et de refuser le mal. Linda, vous n'auriez jamais dû parler à cet homme. Vous auriez dû détourner la tête quand il s'est approché de vous.

Parfois, quand j'étais avec Jack, j'ai prétendu que je ne pouvais pas me rappeler le moment où c'était arrivé, ce moment où j'aurais dû détourner la tête.

Tu étais dans le jardin devant ta maison, il dit. Tu étais en train de brancher le système d'arrosage. Tu ne te rappelles pas? Tu étais là avec Stoppard.

C'était donc en été.

Bien sûr que c'était en été! Tu ne te rappelles pas? J'ai coupé le moteur et j'ai demandé: Est-ce que ces vaches sont à vendre? Tu sais, ces animaux de ferme que Frank découpait dans du contreplaqué. Je t'ai demandé si elles étaient à vendre.

Ce n'était qu'un prétexte pour me parler. Exact?

Exact.

Si les vaches n'avaient pas été là, tu aurais pu trouver n'importe quel autre prétexte. Me demander ton chemin ou je ne sais quoi.

Exact. Je t'aurais empoignée et je t'aurais fourrée dans la camionnette si j'en avais eu l'audace.

Eh bien, je ne me rappelle rien. Qu'est-ce que j'ai dit?

Oui, tu as dit, oui, les vaches sont à vendre. Tu étais là, en maillot de bain. Tes jambes étaient mouillées, couvertes de brins d'herbe. Tu avais une piqûre de moustique à la cheville. En parlant, tu l'as grattée et ça s'est mis à saigner. Tu es certaine que tu ne te rappelles pas?

Non. Je ne me rappelle vraiment rien.

Tu étais là devant moi, tu me parlais des vaches découpées dans le contreplaqué, et moi, ce que je désirais, c'était te mordre la cheville. D'abord la cheville, le cou ensuite.

Quel homme tu es? Un vampire?

Oui. Je voulais te sucer le sang. Tous tes fluides corporels.

Grossier personnage! Tu étais seul?

Oui.

Elizabeth n'était pas avec toi? Je crois me rappeler qu'elle était avec toi.

Non, j'étais seul.

Il n'avait pas envie de parler d'Elizabeth. Chaque fois que son nom surgissait dans la conversation, son visage se fermait, comme si on l'avait lissé avec un fer à repasser.

Ah, je me rappelle, j'ai dit. Elle voulait une vache découpée. Elle en voulait même deux pour son anniversaire.

Non. Je les ai achetées pour lui faire une surprise. Elle n'était pas là.

Mais tu m'as invitée à venir à sa fête d'anniversaire.

Oui.

Pas seulement moi. Nous tous. Maman. Frank. Stoppard et le bébé. Ça aurait eu l'air bizarre que tu m'invites moi seule. Tu te souviens?

Oui.

Voilà comment je suis allée à la fête d'anniversaire d'Elizabeth. Il y avait une floppée de jeunes que je ne connaissais même pas. Venez, elle disait à tout le monde, je veux vous montrer quelque chose.

Elle nous a fait descendre la colline jusqu'à un bosquet sombre. Elle portait une longue robe blanche. L'obscurité tombait. L'herbe était humide sous nos pas, et l'air traversé de lucioles.

Les autres jeunes se sont peu à peu dispersés. Je les entendais qui chahutaient. Je n'ai pas quitté des yeux Elizabeth et sa robe blanche. Je voulais voir ce qu'elle allait faire.

Au bout d'un certain temps, il n'y a plus eu qu'Elizabeth et moi.

Elle avait une lampe de poche, ce type de lampe qui s'accroche à un porte-clés et permet d'éclairer la serrure d'une voiture.

Elle m'a dit : Ne bouge plus.

Elle s'est éloignée de quelques pas et elle a commencé à lancer des signaux intermittents avec sa lampe. Elle s'adressait aux lucioles. Elles ont envahi l'espace tout autour. Elle restait immobile. Les lucioles se sont agglutinées dans ses cheveux, sur ses mains. Des centaines de lucioles.

Elles sont amoureuses de moi, elle dit. Je suis la reine des lucioles.

Cette lampe de poche était un cadeau d'anniversaire. Elle l'avait demandée. Elle en avait besoin pour parler aux lucioles.

Elle a eu évidemment d'autres cadeaux. Un caméscope et une raquette de tennis en graphite. Nous lui avons offert un poulet découpé dans les chutes du contreplaqué que Frank utilisait pour ses vaches. Plus tard, elle nous a envoyé un mot: Merci pour votre merveilleux poulet. Je ne cesserai jamais de le porter dans mon cœur.

Je n'en étais pas vraiment persuadée. Mais il n'y a que l'intention qui compte.

La mère d'Elizabeth est restée enfermée dans la cuisine pendant toute la fête. Je ne voudrais pas dire du mal d'elle, mais c'est une étrange personne qui passe son temps à préparer des plats. Elle portait un vieux tablier et ses cheveux retombaient en boucles sales. J'ai cru que c'était elle, le traiteur.

Qu'est-ce que vous fabriquez ici? elle me demande.

Rien.

Allez, ouste! Dehors! elle dit, et elle me donne un coup.

Ensuite, j'ai flâné dans les parages avec Jack. Il avait dû apprendre par Maman que je m'intéressais au monde de la finance.

Qu'est-ce que vous recommandez de suivre sur le marché boursier? il dit.

Je ne sais pas. Je l'ai un peu négligé ces temps-ci. Les sociétés du secteur haute technologie étaient bien cotées il y a quelques mois.

Elles le sont toujours, il dit, mais je m'inquiète. Les cours ne cessent pas de monter. Ça me paraît insensé. Je redoute qu'à un moment donné il y ait un mouvement de correction à la baisse. Et même une très forte baisse, si vous voyez ce que je veux dire.

Écoutez, je lui ai dit. L'inflation est faible. L'éco-

154

nomie est en expansion continue. La santé du marché est excellente. Ne pas vendre, c'est encore gagner de l'argent.

Il a hoché la tête. Je crois que vous avez peut-être raison, il a dit, et l'un et l'autre nous avons souri.

Frank conduisait trop vite sur le chemin du retour. Les phares ont quitté la route et ont éclairé l'herbe et les arbres. Il a dû donner un violent coup de frein.

Qu'est-ce qu'il y a encore? dit Maman.

Rien. Ce Green et toi, ça semblait bien marcher entre vous.

Frank, ne me casse pas les pieds. Nous parlions de l'immobilier. C'est sa branche. Moi aussi, je m'intéresse à l'immobilier.

Son regard s'éloigne dans la nuit par-delà la vitre de la portière.

Il m'a dit que, d'après lui, ils pourraient peut-être me trouver un travail chez Persic Realty. Lui m'aiderait à obtenir une licence professionnelle. Il pense que ça devrait bien me convenir.

Tu crois que c'est une bonne idée? Et qui s'occupera du bébé?

Elle se tourne brusquement vers lui et lui jette un œil noir.

Frank, tu es vraiment un débile. C'est une chance formidable pour moi, elle lui dit sans perdre son calme. Si tu la torpilles, je te tuerai.

Ensuite, elle n'a plus prononcé un mot. Quand nous sommes arrivés à la maison, elle m'a planté Tyler dans les bras, elle est montée à l'étage et elle s'est enfermée à clé dans sa chambre. Frank est venu au pied de l'escalier et il lui a hurlé :

Ce type n'a pas la classe. Il m'a demandé combien coûtaient les vaches. Deux cents dollars, je lui ai dit. Deux cents dollars chacune ? il a demandé. Ensuite je lui ai dit que les frais d'installation seraient de soixante-dix dollars, s'il commandait les vaches. Soixante-dix dollars chacune ? il a demandé.

Frank s'est passé la langue sur les lèvres.

Monsieur Grippe-Sou. Voilà comment je l'appelle-rais, ton monsieur si malin.

Nous avons attendu, mais elle n'a pas ouvert la bouche.

Nom de Dieu ! a dit Frank, et il s'est dirigé vers le garage. Au bout d'un moment j'ai entendu démarrer la scie à ruban et j'ai su qu'il allait découper des vaches supplémentaires.

10

Pour parler à l'écart des autres, Miss Paschonelle et moi, nous nous installons dans la petite pièce qui est à côté du bureau de sœur Marie Joseph. J'y suis la première, car elle arrive généralement en retard. J'entends claquer ses talons quand elle traverse le hall. Moins vite, Franny, dit sœur Marie Joseph, moins vite! Rien ne presse! Et toutes deux éclatent de rire.

Elle entre, elle enlève son manteau et son écharpe. Elle secoue ses cheveux, et à ça je peux dire le temps qu'il fait dehors, même quand je ne le sais pas encore. Aujourd'hui, elle apporte comme une odeur de neige.

Nous reprenons depuis le début, une fois de plus. Les circonstances dans lesquelles Jack et moi, nous avons commencé à nous voir. J'ai franchement essayé de tout lui dire. Mais, d'une certaine manière, il y a toujours quelque chose qui manque. Comme si j'avais laissé de côté un fait important, mais que nous n'arrivons à trouver ni l'une ni l'autre.

Pourquoi, Linda? Pourquoi?

Je ne sais pas. On s'est réellement bien entendus. Je l'aimais beaucoup. Je ne devrais pas dire ça?

Quoi?

Que j'aimais beaucoup Jack.

Est-ce que c'est vrai? Je te demanderai de bien y réfléchir.

Mais oui, c'est vrai! Il avait la classe.

Elle a envie de fumer une cigarette. Au Centre, c'est interdit. Elle doit donc sortir. En me penchant par la fenêtre, je la vois sur le pas de la porte. Elle frissonne et envoie dans l'air des nuages de fumée.

Vous allez vous tuer avec ces saloperies-là! je lui dis.

Je crois que tu es censée monter ici, m'a crié Elizabeth.

D'accord, j'arrive.

Elle avait sa chambre à elle au troisième étage. Avec une cheminée et un seul lit à une place. Si une invitée y était venue pour dormir, elle aurait dû coucher par terre ou sur le canapé près de la fenêtre.

Une amie à elle est déjà là. Elle s'appelle Justine. L'une et l'autre s'exercent à s'asseoir selon les bonnes manières.

Comme ça, dit Elizabeth. Elle se laisse tomber sur le canapé comme si elle avait mal aux fesses et elle croise les mains.

Justine l'imite, mais elle se redresse et elle appuie les bras vers l'arrière, sur le bord du canapé.

C'est très bien, dit Elizabeth. Les bras tendus, comme ça.

Merci, merci.

Mais, Justine, je ne plaisante pas. Tu as de jolis bras. Les miens sont trop enveloppés.

Mais non, pas du tout! dit Justine. Moi, ce qui me préoccupe, c'est ça. Elle touche ses aisselles. Il y a des filles qui n'ont aucune grâce à cause de ça. Même quand elles ont du charme par ailleurs.

Oh, je sais, dit Elizabeth. Elle réfléchit un instant. Kathy Phelps, par exemple.

Oui, tout à fait. Elle ne devrait jamais porter de bustiers sans manches.

Tu as raison. Quand elle allonge ses bras le long du corps, sa peau se plisse. Ça me rappelle... Ça a l'air... Je ne sais pas... C'est tout mou...

Où est ton père? j'ai demandé.

Elles se sont regardées et elles ont éclaté de rire.

Qu'est-ce qu'il y a de si drôle?

Rien, dit Elizabeth. Tu voudrais discuter finance avec lui?

J'ai descendu l'escalier, mais je ne l'ai pas trouvé. Je suis allée parler à madame Green dans la cuisine. Elle a cligné des yeux et elle s'est essuyé les doigts sur son tablier.

Eh bien, Linda, vous voilà. Vous vous êtes bien amusée avec Elizabeth et Justine?

Oui.

Je lui ai demandé ce qu'elle était en train de faire. La table et les plateaux étaient couverts de gâteaux au fromage. Elle m'a dit qu'elle écrivait un livre de cuisine et qu'elle devait tester toutes les recettes qu'elle y donnait.

Ce gâteau-là est à base de tubercule de jalap, une plante mexicaine utilisée comme purgatif. Je sais que ça peut paraître surprenant, mais c'est une recette intéressante. Vous voulez bien le goûter et me dire ce que vous en pensez?

J'ai mordu dedans, mais je n'ai pas aimé. C'était trop épicé. Excusez-moi, j'ai dit. Je suis allée dans la petite salle de bains près de la porte d'entrée et j'ai tout recraché. J'aurais bien avalé si j'avais pu, mais c'était impossible. La vérité, c'est que je n'ai aimé aucun de ses gâteaux. Je lui ai dit que certains étaient délicieux, mais elle savait que je mentais. Ma bouche faisait de drôles de mouvements pendant que j'essayais de les mastiquer.

Elle a traversé le hall et elle est entrée dans une pièce où se trouvait monsieur Green. Cette pièce, il ne l'avait pas quittée un seul instant, et pourtant je n'avais pas réussi à le rejoindre. Elle lui a dit de me ramener à la maison.

Jack, j'ai vraiment plein de travail en ce moment. Je ne peux pas me laisser distraire de la sorte.

Oh, chérie, je suis désolé. Je ne m'en suis pas aperçu...

Tu n'as pas du tout l'air de te rendre compte de ce que ce travail exige comme concentration.

Oh, non. Évidemment. Si tu es si occupée...

Pour l'amour du ciel, Jack, c'est exactement ce que je m'escrime à te dire.

Une fois dans la voiture, monsieur Green m'a dit de mettre ma ceinture de sécurité.

Non, j'ai dit, je déteste ce genre de contrainte. Et je lui ai tapé sur les mains quand il a essayé de la boucler de force.

Mais c'est pour votre bien!

Je m'en fiche. Où étiez-vous?

Moi? Mais je suis resté là, tout le temps.

Non, ce n'est pas vrai. Vous étiez censé être là, mais vous n'y étiez pas. Elles se sont moquées de moi.

Qui?

Elizabeth et son amie. Elles se sont moquées de moi.

Non, ce n'est pas possible. Je suis certain qu'elles ne l'ont pas fait.

Comment pourriez-vous le savoir? Vous n'étiez pas là.

Il roule les yeux. Je crois qu'il est plus sage que je vous ramène maintenant chez vous.

Non. Je ne veux pas y aller.

Je crois qu'il faut que vous rentriez.

Non! Je me suis agrippée au volant en lui donnant des secousses, ce qui a empêché qu'on tourne au bon endroit.

Nous avons failli percuter un arbre. Il a freiné à mort et j'ai roulé sous le tableau de bord. Il m'a remontée sur le siège en me tirant par le bras et il m'a secouée. Voilà, il a dit. C'est bien ce que je disais. Et maintenant, bouclez votre ceinture.

Il l'a fait lui-même et, pendant la manœuvre, il a promené ses mains sur moi.

À ce moment-là, je me sentais tout à fait calme. Vous êtes un froussard, j'ai dit. Vraiment, vous êtes un froussard!

Il ne m'a pas ramenée chez Frank. La voiture a suivi une route pleine de bosses, bordée d'arbres et d'un mur en brique. Je ne sais pas où nous étions. Nous nous sommes arrêtés devant une grande maison à cheminées. Nous sommes descendus de la voiture et nous avons regardé les fenêtres. Les assemblages de petits morceaux de verre qui tenaient lieu de vitres brillaient comme des diamants.

Style Tudor. Cinq chambres. Un toit refait il y a cinq ans seulement, il a dit dans un souffle.

Ses mains tremblaient si fort qu'il n'arrivait pas à ouvrir la serrure de la porte.

Laisse-moi faire, j'ai dit. Et si quelqu'un arrive?

Personne ne viendra. La maison n'est pas encore sur la liste des ventes. Elle appartient à une femme qui est partie à Singapour. Elle travaille dans la banque.

Nous sommes montés et nous avons enlevé l'un des couvre-lits. Je l'ai laissé agir à sa guise. Je ne veux rien en dire, pas même à vous. J'ai tourné la tête de côté, pour n'être pas obligée de voir. Quand il est entré en moi, je n'ai pas aimé ça. Je lui ai donné un coup de poing. Dépêche-toi! j'ai dit. Tu ne sais même pas ce que tu es en train de faire.

Quand il en a eu fini, il est sorti fumer une cigarette. Vous ne devez pas fumer à l'intérieur d'une résidence que vous voulez mettre en vente. Une maison s'imprègne de l'odeur du tabac. Pour certains acheteurs potentiels, c'est une raison suffisante pour rompre une négociation.

Je suis allée dans la salle de bains et j'ai essayé de me laver. De la fenêtre, je le voyais qui tapait avec un bâton sur les nénuphars d'un petit étang.

Au retour, nous nous sommes arrêtés à un drug-store. Il est descendu de voiture acheter de l'aspirine et un Coca pour moi et, pour lui, un flacon pulvérisateur à la menthe.

Madame Green croit que j'ai cessé de fumer, il a dit. Je te serais reconnaissant de ne pas lui raconter le contraire. Il est inutile de la fâcher.

Non, je ne dirai rien.

Il m'a accompagné jusqu'à la maison de Frank. Maman a descendu les marches et elle s'est avancée à notre rencontre. J'avais peur qu'elle puisse dire ce que je venais de faire. J'étais persuadée qu'une expression ou une odeur particulière me trahirait et le lui ferait deviner. Mais elle a eu une attitude parfaitement naturelle. Elle m'a demandé si j'avais passé un agréable moment en compagnie d'Elizabeth, puis elle a proposé à Jack de prendre un verre.

Je suis montée à l'étage et j'ai pris un bain. Je les entendais qui parlaient dans la cuisine. De temps à autre, quelqu'un riait.

Une fois bien lavée, je me suis aspergée d'eau de Cologne, celle de Frank. C'était un geste idiot. Quand elle est montée, Maman a passé la tête dans ma chambre et elle a reniflé.

Qu'est-ce que c'est que cette puanteur? elle a dit.

De l'eau de Cologne.

Qu'est-ce qui est arrivé? Tu l'as renversée? Ouvre la fenêtre. C'est irrespirable ici.

Elle me regarde de travers. Tu as fumé un joint ou quoi?

Je préfère en rire aujourd'hui.

Miss Paschonelle dit que j'ai été violée.
Je n'ai pas voulu entendre ça.
NON! j'ai fait.
Est-ce que tu désirais avoir avec lui des rapports sexuels? Étais-tu consentante?
Je dois l'avoir été.
Non, je ne le pense pas. Est-ce que tu y as pris du plaisir? Est-ce vraiment ce que tu voulais?
Non.
Dans ces conditions, c'est un viol.
J'ai eu mal à l'estomac. Comme si j'étais sur le point de vomir. Vous ne m'aidez pas à me sentir mieux, j'ai dit.
Je ne suis pas là pour t'aider à te sentir mieux, elle a dit. Je suis là pour t'aider à faire face à ce qui s'est passé. Tu as été violée. Maintenant, tu le sais. C'est la raison pour laquelle tu éprouves un tel malaise, Linda.
Nous en sommes restées là. Je n'ai jamais le dernier mot dans nos discussions avec Miss Paschonelle.
Pourtant, je ne suis pas certaine qu'on ait atteint le fond ultime de tout ça. Parfois, je pense que j'en connais plus qu'elle sur le sexe. Elle n'a été mariée que deux mois, rappelez-vous. Et nous ignorons tout de ce qui lui est arrivé ensuite.
Un jour, je lui ai dit, c'est moi qui écrirai un rapport préliminaire sur vous.

11

La semaine suivante, Maman a commencé sa période d'essai chez Persic Realty. Elle possédait un bureau individuel installé dans un cagibi. Elle m'a fait amener les garçons par le bus pour qu'ils la voient dans son nouveau rôle. Elle voulait que les femmes qui travaillaient avec elle à l'agence constatent qu'elle était une vraie mère de famille. J'avais apporté quelques-unes des œuvres d'art de Stoppard et nous les avons fixées sur le mur avec des punaises.

Elle disposait d'un ordinateur individuel. Elle m'a montré comment il fonctionnait. Supposons que tu veuilles acheter une maison de quarante ans d'âge équipée d'un lave-vaisselle. L'ordinateur te sort la liste de toutes les maisons de ce type situées dans un secteur géographique donné.

L'achat d'une maison est l'investissement personnel le plus important que la plupart des familles aient jamais à consentir, elle a dit. Nous sommes là pour les aider à faire le bon choix.

Elle m'a montré la pièce où se trouvait la photocopieuse et celle où l'on préparait le café.

Regarde, j'ai ma tasse à moi.

Elle en était si heureuse qu'elle l'a presque laissée tomber.

Dans les bureaux nous avons rencontré Jack. À nous voir, il n'a manifesté aucun signe d'étonnement.

Hello, monsieur Green, j'ai dit.

Hello, Linda. Hello, Stoppard. Vous êtes venus découvrir l'endroit où votre mère va travailler?

Quand nous sommes partis, il a donné un billet d'un dollar à Stoppard pour qu'il s'achète un cornet de glace.

Merci, monsieur Green, nous avons dit. Bonne journée, monsieur Green.

J'ai cru qu'on en resterait là, mais en arrivant à la maison j'ai entendu sonner le téléphone.

Je peux te voir quand? il a demandé.

Mon cœur s'est mis à cogner. Où tu es? j'ai dit.

Dans ma voiture. Près de la station-service Mobil. Je vous ai suivis. Je vous ai vus, toi et les garçons, quand vous êtes descendus du bus. Tu peux te libérer?

Non! Mais de quoi tu parles?

Linda, il faut que je te voie. Il le faut absolument.

J'ai emmené les deux garçons chez les Seymour, nos voisins d'à côté. C'est un couple de retraités qui acceptait de nous dépanner à l'occasion.

Oh, madame Seymour, j'ai dit. Est-ce que je peux vous laisser les garçons quelques minutes? Je dois aller en vitesse chez Krogers.

Vous voulez que je vous y conduise? a demandé

monsieur Seymour. La retraite lui pesait et il cherchait toujours un prétexte pour sortir.

Non, non, non, j'ai dit. Je suis partie brusquement et j'ai couru tout le long de la rue jusqu'à la station-service Mobil. J'ai senti que mon visage s'empourprait. J'étais persuadée qu'ils savaient parfaitement ce que j'étais en train de faire.

Jack m'attendait dans sa voiture. Nous sommes allés quelque part. Mais où, je ne me le rappelle même plus. Nous avons garé la voiture près de la rivière, je crois. Je me suis absentée pendant environ trente minutes. Quand je suis revenue chez les Seymour, j'étais encore en nage. J'avais l'impression de ne pas avoir respiré depuis l'appel téléphonique.

Qu'est-ce que vous vouliez acheter chez Krogers ? a dit madame Seymour.

Je ne me souviens pas. De la levure.

Eh bien, Linda, j'en avais ici sous la main. Vous auriez dû me demander.

Les Seymour sont des braves gens. Pour madame Seymour, la grande affaire, c'est les coupons de réduction. Elle les enferme dans une boîte spéciale qu'elle garde sur une étagère de la cuisine. Elle les regroupe selon la date d'expiration de leur validité. Elle les prend par poignées quand elle va faire ses courses.

Monsieur Seymour trouve qu'elle achète des choses dont ils n'ont pas besoin. Un sac de dix kilos d'aliments pour chien, par exemple.

Nous n'avons même pas de chien !

Mais c'est pour un cadeau, Arnold, elle dit.

À qui, le cadeau ?

Je ne sais pas encore.

Pour se calmer, il est sorti et il a marché autour du pâté de maisons.

Madame Seymour referme la boîte aux coupons et se cache les yeux derrière la main.

Quand je songe à tous les sacrifices que j'ai faits, elle dit.

Miss Paschonelle veut savoir combien de fois nous nous sommes vus avec Jack. Son crayon est prêt à inscrire un chiffre.

Je ne sais pas. Je n'ai pas tenu de compte. Ça n'a pas été très souvent, en tout cas. Il m'était difficile de m'échapper. On avait établi notre programme pour tel jour, et voilà que Maman était obligée de ressortir le soir pour accompagner un client de l'agence, ou bien que Jack ne donnait plus signe de vie à l'heure où il était censé se manifester. Et je restais à la maison. J'ai eu peur qu'il commence à me détester, mais ça n'a jamais été le cas.

Trouver où aller, c'était compliqué. Les meilleurs endroits, c'était les maisons que Jack mettait en vente ou en location. Celles qui avaient encore leur ameublement. Il voulait des draps et des serviettes propres. Il fallait aussi qu'elles soient sur la liste des exclusivités, afin que personne d'autre que nous ne puisse y surgir. Certaines avaient beaucoup de charme. Après qu'il avait fini, j'aimais fureter à droite et à gauche, fouiller dans tous les tiroirs, faire marcher les appareils ménagers. Certaines personnes utilisaient un bric-à-brac incroyable. Une des propriétés possédait une piscine à flux rotatif. On appuyait sur une commande et l'eau se mettait à tournoyer. J'y ai nagé jusqu'à m'y noyer à moitié. Jack a dû pratiquement me hisser hors de l'eau. C'était ma maison favorite. J'aurais été vraiment heureuse d'y revenir, mais il l'a vendue à un couple de spécialistes du design. Une autre maison appartenait à une dame âgée, qui est morte de vieillesse en Arizona. Ses tiroirs débordaient de robes anciennes. Ces robes, je les mettais chaque fois, et je dansais avec. Elles étaient trop grandes pour moi et elles glissaient de mes épaules. Jack n'aimait pas ça.

Arrête, Linda. Remets ces robes où tu les as prises. Elles ne sont pas à toi.

En fait, ce qui le préoccupait surtout, c'était le risque que je laisse des traces. Avant de quitter les lieux, il ramassait les draps et les serviettes qu'il emportait à la laverie automatique. Ainsi personne ne saurait que nous étions venus dans la maison. Il avait un sens incroyable de l'ordre et de la propreté. Une obsession du secret et de la dissimulation. J'ai commencé à le haïr un tout petit peu à cause de ça. Moi, j'aurais voulu laisser des traces. J'aurais voulu faire savoir aux gens ce qu'il en était de nous deux.

J'étais assise sur une chaise et je le regardais qui s'activait dans la pièce. La chaise avait un siège capitonné et il a voulu le recouvrir d'une serviette pour le protéger.

Non, j'ai dit.

Linda, ne fais pas d'histoires.

Pourquoi tu as vendu la maison avec la piscine à l'eau qui tourne?

J'ai été forcé de le faire. Ce n'est pas ma maison, Linda. Tu le sais bien.

Je croyais que tu m'aimais.

Mais je t'aime, Linda, je t'aime.

Si vraiment tu m'aimais, tu n'aurais pas vendu la maison avec la piscine à l'eau qui tourne.

S'il te plaît, Linda, s'il te plaît! Et il a dû me calmer. Parfois, ça lui prenait des heures. J'étais franchement immature. C'est fou ce qu'il devait endurer. Le moindre prétexte suffisait à me faire exploser.

Son téléphone portable sonnait toutes les dix minutes. Il était obligé de répondre, sinon son silence aurait paru suspect. Une fois, sa femme l'a appelé. Elizabeth voulait aller voir un film qui ne se terminait pas avant vingt-deux heures trente.

Jack a dit qu'il n'était pas d'accord. Elle va à l'école demain. Il faut qu'elle soit rentrée à vingt et une heures trente. Elle le sait.

Madame Green a dû passer l'appareil à sa fille, car j'ai entendu Elizabeth qui suppliait à l'autre bout de la ligne.

Jack n'a pas voulu céder. Tu connais la règle, il a dit.

En raccrochant, il m'a regardée.

Désolé, Linda.

Fous le camp! j'ai hurlé. Pendant des semaines je ne l'ai pas laissé me toucher. On s'arrêtait ici ou là, et on restait assis dans la voiture. On allait souvent regarder les jeunes qui s'entraînaient au football sur le terrain d'un lycée de banlieue. Personne ne faisait attention à nous. Nous gardions nos distances. Il essayait de me prendre la main. Bas les pattes! je lui disais.

Finalement, il a trouvé un appartement vide sur Bryant Street, et c'est là que nous avons campé. Il appartenait à Persic Realty. Des étudiants l'avaient saccagé et l'agence ne pouvait le remettre en location avant d'y avoir réalisé des travaux. Jack a fait disparaître les documents, si bien que plus personne n'en a eu connaissance.

En fait, il a dit, cet appartement n'a plus de droit à l'existence. Nous pouvons y demeurer aussi longtemps que nous le désirons.

Il a acheté un téléviseur et un four à micro-ondes. Nous mangions des burritos et nous regardions les vieux films. C'était agréable, mais je n'étais pas certaine de souhaiter me retrouver toujours au même endroit, même si officiellement celui-ci n'existait pas. Aller explorer les maisons des autres, ça me manquait, comme me manquaient les robes anciennes, les bric-à-brac ménagers, la piscine à l'eau qui tourne.

C'est d'un tel ennui ici! je disais.

Au mois d'août, Maman a pris ses fonctions officielles d'agent immobilier. Elle a vendu deux maisons le premier mois. Elle m'a montré les chèques. Ses commissions. Des milliers de dollars. Elle a loué une voiture en leasing et elle s'est acheté de nouveaux vêtements.

Est-ce que tu voudrais que je gère cet argent? je lui ai dit. Je pourrais faire des placements à ton nom.

Elle s'est contentée de rire. Je suppose que je suis capable de m'en occuper moi-même, elle a dit.

J'ai cru alors que l'immobilier allait nous rendre riches.

Elle s'était fait des amis qu'on ne rencontrait pas. Elle prétendait qu'elle avait un peu de scrupule à les inviter à la maison. Lorsqu'elle rentrait, elle était imprégnée d'une odeur de cuisine mexicaine. Et de cigare. J'installais Tyler sur ses genoux et Stoppard venait se pelotonner contre elle. Elle le repoussait d'un geste brusque.

Linda, fais quelque chose avec ces gosses! Ils me pompent l'air.

Frank lui disait qu'elle ne devrait pas me demander de m'occuper autant des enfants.

Qu'est-ce que tu en sais? Vraiment, qu'est-ce que tu en sais? Il faut bien que quelqu'un travaille ici.

Et elle s'en allait, on ne savait où, et elle ne rentrerait pas avant des heures. Je m'en moquais. Tout était plus calme quand elle ne se trouvait pas dans les parages.

Le temps s'est maintenu uniformément au beau jusqu'au milieu de l'automne. Je m'asseyais sur la pelouse avec Tyler et Stoppard et je croquais des pommes. Nous regardions Frank qui ramassait au râteau les feuilles autour des vaches en contreplaqué. Personne n'était venu proposer d'en acheter et leur peinture commençait à s'écailler. La date du mariage est arrivée, puis elle est passée, dans un silence général.

Frank a pris l'habitude de venir me rendre visite dans ma chambre, le soir. Il s'assoit sur le bord du lit et il me parle.

Tu les as vus, les Knicks de New York? Ils étaient menés de dix-huit points et finalement, ils ont réussi à battre Michael Jordan et les Chicago Bulls.

Il me serre les genoux l'un contre l'autre sous la couverture.

Ouais, Frank, c'est géant.

Il hoche la tête. Non, pas du tout. J'avais parié vingt sacs sur Chicago.

Il voulait savoir si je croyais que Maman couchait avec Jack.

Non, Frank, je ne le pense pas. Ce n'est pas son type d'homme.

On peut quand même se poser des questions. Il passe un temps fou avec elle. C'est inévitable dans le genre de travail qu'ils font.

Non, je ne le crois vraiment pas.

Ta mère aurait pu avoir tous les hommes qu'elle voulait. À vrai dire, n'importe quel homme. C'est là le problème. Et elle m'a choisi. Il faut donc s'attendre à quelques petites frictions.

Frank, les choses vont s'arranger.

Ouais. Après que nous serons mariés, les choses s'arrangeront.

Il arrête de comprimer mes genoux et il regarde ses mains. Aujourd'hui, il dit, j'ai presque vendu une vache.

J'ai essayé de plaider sa cause auprès de Jack. Tu ne pourrais pas lui trouver un travail, à lui aussi?

Je ne sais pas, Linda. Qu'est-ce qu'il pourrait faire?

On était dans notre petit appartement de Bryant Street. J'ai dit: Pourquoi tu ne lui demanderais pas de remettre en état cet endroit et pourquoi tu ne lui donnerais pas beaucoup d'argent?

Ah, Linda, mon sac d'os! Est-ce que tu voudrais bien cesser d'être compatissante avec tout le monde?

Il m'enlace.

Cet endroit est à nous. Où irions-nous si Frank venait traîner par ici?

Maman a fait la connaissance d'un couple marié lors d'un séminaire de l'immobilier consacré aux techniques de marketing ciblant la tranche d'âge des retraités. Ils s'appelaient Timmy et Micky. Ils avaient l'un et l'autre des cheveux teints en rouge. On aurait dit des jumeaux. Ils ont étalé leurs papiers sur la table de la cuisine et ils ont parlé d'un programme baptisé Infomercial qu'ils étaient en train de boucler. De vrais escrocs, d'après moi, qui cherchaient à gruger les personnes âgées. Ils sortaient des photos clinquantes de leurs dossiers et ils nous les passaient.

Frank ne voulait pas que Maman soit mêlée à cette histoire. Il y était totalement hostile. Pour moi, il dit, ce sont des photos truquées.

Elles ne sont pas truquées, Frank, dit Micky. Ce

sont des images numériques créées par ordinateur. Elles doivent permettre aux investisseurs de visualiser le concept immobilier.

Alors, elles sont nécessairement truquées.

Mais, Frank, on est dans le domaine de la réalité virtuelle !

Timmy demande : Qu'est-ce que vous faites, Frank ?

Je travaille à mon compte. La décoration des pelouses.

La décoration des pelouses ? Vous voulez parler de ces animaux qui sont plantés devant votre maison ? Vous les fabriquez vous-même ?

Oui.

Tu entends ça, Micky ? Frank est un spécialiste de la décoration des pelouses. On pourrait peut-être faire affaire ensemble, non ?

Micky regarde Frank. Je ne crois pas, elle dit.

Pourquoi vous vous êtes teint tous les deux les cheveux en rouge ? Ça aussi, c'est de la réalité virtuelle ?

Personne n'a parlé une fois qu'ils sont partis.

Maman a voulu rassembler les dossiers que Micky et Timmy avaient laissés, mais ils sont tombés par terre.

Ça, Frank, elle a dit, je ne suis pas près de te le pardonner. Non, je ne suis pas près de te le pardonner. Elle a tourné les talons et elle est partie.

Ce soir-là, quand il est venu me voir dans ma chambre, Frank était ivre. Il tenait à la main le magazine qui lui avait révélé l'existence des vaches en contreplaqué. La revue était déchirée et partait en lambeaux.

Regarde ça, il dit.

Je l'ai déjà vu. Tu me l'as déjà montré.

Mais lis-le encore une fois. Ce qui est souligné.

Au terme du premier mois d'exploitation au cours duquel il a utilisé les superbes maquettes de bétail proposées par Press Ease, J.P. Dimwiddy, de Carlyle, Pennsylvanie, a dégagé un chiffre d'affaires de quatre mille trois cents dollars...

Il m'enfonce la revue au creux de l'estomac. Tu sais combien j'en ai vendu? Quatre. Dont deux à Jack Green.

Mais ça fait plus de six cents dollars. C'est un bon résultat.

Oui. C'est bien. Pour un commencement.

Oui. Pour un commencement.

Il regarde fixement les photos sur les pages de la revue. Il se balance d'avant en arrière. Ta mère ne va pas rentrer, il dit.

Qu'est-ce que tu racontes, Frank? Elle allait à Detroit pour une réunion professionnelle. C'est tout. Ça, tu le sais.

Il secoue la tête. Cette fois, je n'ai rien ressenti quand elle est partie. Strictement rien. Je ne souhaite même pas qu'elle revienne. Tout se passe si bien entre nous quand elle n'est pas là. Juste nous, ensemble, toi, moi et les garçons.

Il reprend la revue et l'appuie sur mes genoux pour la défroisser.

Personne n'achète les vaches. Les poulets, eux, on va les vendre. Mais avec les poulets je ne dégage pas de bénéfices. Je ne peux pas monter les prix. Ils sont plus difficiles à fabriquer, mais leur taille est réduite. C'est avec les vaches qu'on gagne de l'argent. Mais personne n'achète les vaches.

Tout ira bien, Frank.

Non. Des blagues! Je dégringole, Linda. Là, en plein sous tes yeux.

Il a saisi mes mains et les a serrées si fort que j'ai cru qu'il allait les briser. J'ai été soulagée de le voir s'éloigner.

J'ai entendu la scie à ruban qui se remettait en marche dans le garage. J'ai pensé qu'il allait fabriquer de nouvelles vaches. Mais non. Il s'est attaqué à tous les animaux qui existaient déjà et il les a découpés en petits morceaux, comme des pièces d'un puzzle. Quand il en a eu fini, il a rentré les morceaux à l'intérieur de la maison et il a tenté de les brûler dans le poêle à bois du rez-de-chaussée. C'était un petit poêle en fonte qu'il avait installé à l'intérieur de la cheminée. Mais il était d'une contenance trop réduite pour ce qu'il voulait faire. Très vite, la fumée a envahi la maison. On sentait une forte odeur de peinture brûlée. Je me suis habillée et j'ai tiré les garçons de leur lit. Nous sommes sortis et nous nous sommes assis sur les marches du perron. J'avais peur que Frank mette le feu.

Monsieur Seymour, en robe de chambre, s'est approché et il a dit que la situation le préoccupait.

Il y a de la fumée qui sort par la fenêtre, Linda.

N'ayez pas d'inquiétude, monsieur Seymour. Le manchon du poêle est fissuré et Frank est en train de le réparer.

Il a secoué la tête et il est retourné chez lui.

Leur cuisine était éclairée et je l'ai vu qui continuait à secouer la tête devant madame Seymour.

J'ai confié le bébé à Stoppard et je suis rentrée parler à Frank. Allez, viens, Frank, j'ai dit. Arrête tout ça. Monsieur Seymour va appeler la police si tu ne t'arrêtes pas tout de suite.

J'ai essayé de réduire le feu du poêle, mais il m'a écartée brutalement. Nous nous sommes assis à même le sol. Il m'a entourée de ses bras et il a commencé à me serrer très fort contre lui.

Oh, mon Dieu, Linda. Oh, mon Dieu!

Je pouvais à peine respirer. Ne fais pas ça, Frank, ne fais pas ça! Tu vas brûler toute la maison. Et je ne t'en empêcherai pas.

Nous avons roulé sur le plancher et j'ai tenté de me dégager, mais il m'a immobilisée. Il a enlevé mon chemisier et il s'est mis à frotter son visage contre mon ventre. Je sentais la bave qui coulait sur ma peau nue.

Je l'ai frappé à l'oreille et il m'a relâchée. J'ai réussi à courir jusqu'à la porte d'entrée, mais il m'a rejointe et il m'a étendue à nouveau de force sur le sol, dans la cour, devant la maison.

Lâche-moi, Frank, lâche-moi! Je ne dirai rien à personne.

J'étais réellement effrayée.

T'en fais pas, il a dit. Ça va, tout va bien maintenant.

Il m'a aidée à me mettre à genoux et il a cherché à enlever les saletés et les feuilles qui s'étaient collées à moi.

Tu connais des prières? il a demandé.

Le Notre-Père.

Récite-le.

Notre Père qui êtes au cieux...

Je voyais monsieur et madame Seymour qui nous observaient depuis la fenêtre de leur cuisine, et puis Stoppard a descendu les marches en tenant Tyler dans ses bras.

Pas de problème, Stoppard, j'ai dit. Prends Tyler et emmène-le chez madame Seymour.

Une fois que Frank s'est un peu calmé, on est rentrés dans la maison, on a éteint le poêle et on a ouvert les fenêtres.

Je vais rejoindre les garçons à côté, d'accord? j'ai dit.

Il secoue la tête.

Cet enfant de salaud obtient tout ce qu'il veut.

Qui, Frank? Monsieur Seymour? Il n'a rien.

Non, pas lui. Il m'étreint. Tout va bien, il dit. Va te coucher, Linda. Va chez les Seymour.

Les garçons et moi, nous avons passé le reste de la nuit dans la maison d'à côté. Nous avons dormi dans la chambre d'amis. Un lit gigantesque. Trop grand pour nous. On n'arrivait pas à toucher les bords du matelas. Je me suis sentie perdue.

12

Maman est rentrée le lendemain de Detroit.

Je crois que j'ai perdu tout mon argent, elle a dit.
Ou le plus clair de mon argent. Les salauds.

Elle faisait allusion à Micky et Timmy. Je n'ai
jamais réussi à découvrir ce qui était arrivé. Elle avait
investi des fonds dans leur fameux programme Infomercial. Je ne sais s'ils l'ont réellement volée ou quoi.
Peut-être qu'il y aura quand même une retombée
pour elle. Ce ne serait pas impossible. Mais le sait-
elle?

Elle est venue nous prendre chez les Seymour et
elle nous a conduits à l'endroit où nous allions habi-
ter désormais.

Nous allons vivre là pour le moment, elle a dit. Le
temps qu'il faudra pour pouvoir nous payer quelque
chose de mieux.

Stoppard et moi, nous avons inspecté les pièces.
Elles étaient vides mais elles avaient plutôt bonne
allure. Le soleil brillait. Le parquet était poussiéreux
mais propre. J'ai fait asseoir Tyler sur ma veste et il
s'est mis à se lécher les doigts de pied.

Comment tu as réussi à trouver cet endroit? j'ai
dit.

C'est par Jack. Persic Realty en est propriétaire, il

est dans leur parc de locations. On m'a donné la clé au bureau.

Pourquoi nous ne sommes pas venus là plus tôt?

Écoute, Linda. Nous sommes là et pas ailleurs, c'est clair, non? Je fais de mon mieux.

Elle est retournée chez Frank dans l'après-midi et elle a ramené des affaires. Je ne sais pas si elle l'avait prévenu qu'elle venait, ni même si Frank était là. Peut-être qu'elle n'a rien dit du tout, qu'elle a fait le tour de la maison et qu'elle a emporté des tee-shirts, des chaussettes et du linge en les entassant en désordre dans des sacs en plastique. C'est comme ça que je les ai retrouvés. Tout mélangés. Des vêtements humides à peine sortis de la machine au milieu des chemises sales. Ça sentait le moisi et la cigarette.

Pourquoi tu n'as pas fait d'abord sécher le linge?

Je ne voulais ni discuter ni négocier, elle a dit. Lave-le à nouveau, si tu en as envie.

Elle est allée acheter des plats mexicains pour le dîner. Elle les a posés sur un radiateur qui courait le long de la fenêtre et faisait office de table. De là, pendant qu'on mangeait, on voyait les gens dans la rue.

C'est un endroit qui n'est pas si désagréable, elle a dit. On pourrait l'aménager confortablement.

Après le dîner, nous sommes sortis acheter quelques meubles. Un canapé-lit et deux matelas. Et aussi un poste de télévision. Elle n'a payé les achats que contre la promesse formelle qu'on nous les livrerait le soir même.

Elle a réglé l'intégralité de la facture avec une carte

de crédit sur le compte de Persic Realty. Ça m'a effrayée. Quand on a été seules toutes les deux, je lui ai dit: Mais qu'est-ce que tu as fait? Tu n'as pas le droit d'utiliser cette carte de crédit.

Elle m'a raconté une histoire selon laquelle l'ameublement appartenait bien à Persic Realty, qui en reprendrait possession dès que nous aurions quitté les lieux.

Je sais ce que je fais, Linda.

Le lendemain, nous avons trouvé tout à côté de chez nous une nourrice pour Tyler. Elle s'appelle Tina Tots. C'est madame Johnson qui gère ça. Je passais reprendre Tyler quand je quittais l'école. Et comme Stoppard sortait de son école une heure plus tôt que moi, Tina Tots avait accepté qu'il vienne m'attendre chez elle, en lisant un livre dans son entrée.

Des fois elle s'énervait quand j'étais en retard. À cause de l'assurance. Qui va payer si Stoppard se casse la jambe? elle disait. Elle le faisait asseoir sans lui enlever sa veste. Il était en nage et, quand nous sortions dans la rue, il lui arrivait d'attraper froid. Mais j'étais presque tout le temps là à l'heure, et il n'y avait pas d'histoires. Malgré les circonstances, notre vie familiale avait l'air de s'organiser plutôt bien.

Frank est passé plusieurs fois chez nous. Il disait qu'il avait le droit de venir voir l'enfant, puisqu'il en était le père.

Je n'ai pas eu envie de discuter. Je l'ai fait entrer. Je me suis assise sur le canapé, j'ai pris Tyler sur mes genoux et je lui ai agité les mains pour lui faire dire bonjour.

Frank a annoncé qu'il avait décidé de se remettre aux études. Il allait s'inscrire à un cours de programmation informatique. Il améliorerait de la sorte ses connaissances et il pourrait prétendre à un emploi bien rémunéré. Il allait également achever les travaux dans la maison. On réussirait ainsi à tout effacer, et nous repartirions tous ensemble du bon pied. L'avenir promettait d'être radieux.

Je suppose que le *tous ensemble* est valable ? il a demandé.

Je ne sais pas. Je ne crois pas que Maman sera d'accord, Frank.

Mais toi, si, n'est-ce pas ? On fera en sorte qu'elle revienne près de nous. Il a eu un sourire. Tu te rappelles ces chips que tu achetais ? Les chips parfumées au mesquite ? Elles étaient fameuses, hein ?

Tu voudrais parler à Maman ? j'ai dit. Elle ne va pas tarder à rentrer.

Non, pas maintenant. Je ne parlerai à Sandra que quand je serai en position de force, si tu vois ce que je veux dire. Mais qu'est-ce que tu penses de mon projet de cours d'informatique ? Tu crois que c'est une bonne idée, non ?

Ouais, Frank, c'est formidable, j'ai dit.

Il ne s'est jamais inscrit à son cours. Peu de temps après, il a cessé de venir chez nous. J'ai cru qu'il s'en était allé pour de bon.

Jack a été heureux d'apprendre que Frank avait disparu du tableau. Il s'est imaginé qu'il pouvait venir chez nous à n'importe quelle heure et aussi souvent qu'il le voulait.

Non ! j'ai dit. Je ne te veux pas ici. Pas avec les garçons dans les jambes. Ce serait malsain.

Il n'arrivait pas à le comprendre. Pourrais-tu, s'il te plaît, t'efforcer d'être raisonnable ? il disait.

Non ! Pas ici ! Est-ce que tu m'accepterais chez toi ? Et Elizabeth alors ?

Il n'a plus dit un mot.

J'ai aménagé l'appartement de Bryant Street comme j'en avais envie. J'ai traîné une vieille table à tiroirs jusque devant la fenêtre et j'y ai rassemblé mes papiers. Tous les anciens relevés trimestriels de mes placements bancaires chez Vanguard Morgan Growth.

Jack m'a demandé ce que je souhaitais comme cadeau pour mon anniversaire et je lui ai dit que j'aimerais du matériel de bureau. Il m'a emmenée chez Office Max et il a dit qu'il m'autorisait à remplir un panier. Un panier, mais pas un chariot.

J'ai acheté un nécessaire de bureau qu'ils ont enveloppé dans un paquet. Un stylo à cartouche et un porte-stylo, une règle, un coupe-papier, une agrafeuse, un composteur, un dévideur de ruban Scotch. Tout ce que vous voudriez avoir autour de vous sur une table de travail.

J'ai acheté un dictionnaire et un atlas mondial. Je les ai placés entre deux briques sur le rebord de la fenêtre. Ça faisait sérieux, professionnel. C'était le but recherché. De la maison, j'ai rapporté deux pots bien nettoyés, l'un pour les crayons et les feutres, l'autre pour les agrafes et les trombones. Je pouvais rester là des heures. Des fois, je m'occupais de mes papiers, d'autres fois, je me contentais d'être assise, les mains croisées, et de regarder par la fenêtre.

Est-ce que tu aurais des feuilles à agrafer? j'ai demandé à Jack. Il a fouillé dans son attaché-case et il en a sorti un certain nombre. Je les ai agrafées tout autour.

Tu es une vraie petite sotte, il a dit. J'étais heureuse alors.

*
*   *

C'est madame Green qui a découvert le pot aux roses. Un soir, elle s'est amenée à l'appartement pour dire à Maman qu'elle allait devoir trouver une autre agence immobilière où exercer ses talents.

Et n'ayez surtout pas l'effronterie de prétendre que vous ignorez de quoi je parle! elle dit. J'ai examiné les relevés de comptes. Il vous a donné près de deux mille dollars.

Je crois que vous avez été induite en erreur, dit Maman. Cette somme que vous mentionnez, ce sont des avances. Bien entendu, je suis prête à les rembourser.

Madame Green secoue la tête. Je n'ai pas l'intention de discuter. Je ne fais que décrire la situation telle qu'elle est. Il faut que tout cela cesse. Si Linda revoit Jack, j'appelle la police. Je ne le souhaite pas, mais je n'hésiterai pas à le faire.

Linda? dit Maman. De quoi voulez-vous parler?

Je leur raconterai tout. Au sujet de Jack. Au sujet des sommes d'argent. Tout.

Foutez le camp, vieille carne! dit Maman. Et tout de suite!

Madame Green s'arrête un instant sur le pas de la porte pour enfiler ses gants. Je ne te blâme pas, Linda. Mais il faut que ça cesse.

Quand elle a été partie, Maman est restée figée là, puis elle s'est mise à trembler.

D'accord, Maman, j'ai dit. Je ne recommencerai pas.

Elle s'est approchée de moi, et elle m'a giflée et giflée en hurlant: Mais qu'est-ce qui ne tourne pas rond chez toi?

Stoppard a surgi de la salle de bains en tenant le bébé. Il criait: Arrête! Arrête! Mais Maman a continué de frapper jusqu'à ce qu'elle en perde l'envie. Puis elle a ouvert le placard et elle en a sorti les valises rangées sur l'étagère. Tu fais la tienne, elle a dit.

D'accord, je lui ai dit. Si c'est bien ça que tu veux. J'ai cru qu'elle me jetait dehors, je n'ai donc pas discuté et je me suis exécutée. Je suis revenue dans ma chambre et j'ai fourré mes vêtements dans un sac poubelle. Je savais où j'allais trouver refuge. À l'appartement de Bryant Street. Mes papiers et mes documents bancaires y étaient déjà. Il me suffisait de m'y installer et d'y vivre par moi-même. J'imaginais très bien le film. Chaque matin, se lever et choisir les vêtements appropriés. Écouter la radio pendant le petit déjeuner. Le soir, sur le chemin du retour, passer au magasin acheter assez de nourriture pour le dîner. Puis m'asseoir à mon bureau et m'occuper de mes affaires, que ça me plaise ou non. Si Jack ou Maman venaient frapper à la porte, ne pas même leur ouvrir.

Cette perspective était tellement excitante que j'ai dû m'asseoir un moment sur mon lit. Je ne pensais plus qu'à ça.

J'entendais Maman qui se déchaînait à travers l'appartement, Stoppard et le bébé qui criaient, mais je n'y ai prêté aucune attention.

Je n'ai pas besoin de vous, j'ai dit. Je n'ai besoin d'absolument personne.

Elle n'a pas dû m'entendre car, quand j'ai quitté ma chambre, elle n'était plus là. Tous ses vêtements et toutes les affaires des garçons s'empilaient en un gros tas sur le parquet ou dans sa valise. Mais elle n'était plus là. La porte d'entrée était grande ouverte. Stoppard gardait son frère sur le divan.

Où est Maman? j'ai demandé.

Je sais pas. Elle est sortie.

Je me suis assise sur le divan et j'ai attendu. Peut-être qu'elle ne s'était absentée qu'un instant et qu'elle allait revenir tout de suite. Mais non. Au bout d'un moment, je me suis résignée. J'ai récupéré les affaires de chacun et je les ai rangées là où elles devaient être, dans les tiroirs et dans les boîtes. Apparemment, il n'y avait rien d'autre à faire.

Je me suis sentie affreusement déçue, inutile de vous raconter des histoires. J'étais réellement décidée à partir et à vivre ma vie. Seule.

Il était tard quand Maman est enfin rentrée. Elle

avait bu. Pour la première fois depuis longtemps. C'est dire dans quel état elle était.

Un homme l'accompagnait. Il portait un manteau à col de fourrure et un chapeau vert avec une plume plantée dedans.

Je te présente monsieur Singer, elle dit. Racontez à Linda ce que vous faites, monsieur Singer.

Je suis vitrier.

Il remplace les vitres brisées.

Oui, il dit.

Il fait ça à longueur d'année. Été, hiver, printemps, automne. Racontez à Linda ce que vous mettez sur vos mains quand elle sont gercées.

Du baume du Tigre.

Du baume du Tigre! Maman trouve ça si drôle qu'elle manque de s'étouffer.

Du calme, je dis. Tu vas réveiller Stoppard.

Où il est, Stoppard? Il va bien? dit Maman. J'ai du mal à respirer. Je crois que je vais m'allonger.

J'ai dit à l'homme qu'il fallait maintenant qu'il parte, et nous avons descendu ensemble l'escalier.

Eh, une minute! Elle a dit que je pouvais rester.

Non, c'est impossible. Rentrez chez vous.

Je suis trop soûl pour conduire, il a dit, mais j'ai quand même claqué la porte.

J'ai remonté l'escalier et Maman m'attendait dans le noir.

Il est parti?

Ouais.

Elle commence à pleurer. Je suis désolée, Linda. J'avais perdu mes clés de voiture. Je ne savais pas

comment j'allais pouvoir rentrer à la maison. Il m'a
conduite un bout de chemin. Rien d'autre.

D'accord. Est-ce que tu sais où tu as laissé la voiture?

Oui. Écoute, Linda. Je n'ai jamais eu l'intention de
t'abandonner en Floride. Jamais.

Oh, je sais.

Non, non. Écoute bien. J'avais l'intention de tourner autour du pâté de maisons, juste pour reprendre
mon calme. J'avais l'intention de m'arrêter à un motel,
juste pour retrouver mes esprits. Et puis je serais revenue et je t'aurais emmenée. Je n'ai jamais voulu te laisser seule là-bas avec ce vieux fou. Mais, une fois à
bord de la voiture, je n'ai pas pu m'arrêter de rouler.
Tu comprends? Je n'ai pas pu m'arrêter. J'ai conduit
non-stop jusqu'en Géorgie, et je suis tombée en panne
d'essence. Un policier m'a donné de quoi rejoindre la
station-service la plus proche. Mais là, impossible de
faire demi-tour et de reprendre l'autoroute dans
l'autre sens. Impossible.

Je sais. Ne t'inquiète pas.

Il faut que tu mettes un terme à ça, Linda. Ce n'est
pas bien pour quelqu'un de ton âge.

J'ai réussi à la calmer. Elle a fait valser ses chaussures et elle s'est allongée à côté de Stoppard. J'ai tiré
sur elle une couverture.

Ne t'en fais pas, Maman. Je ne te hais pas. Et je ne
recommencerai plus jamais.

Elle a fermé les yeux.

Je me suis trouvée nez à nez avec Frank, ce soir,
elle dit. Il s'est rasé le crâne.

Elle ouvre grand les yeux.

Il voulait savoir comment tu allais.

Qu'est-ce que tu lui as dit?

J'ai dit que tout allait merveilleusement bien pour nous.

Tu lui as dit quelque chose au sujet de Jack?

Elle referme les yeux. Je ne me souviens pas. Je ne crois pas. Peut-être que j'aurais dû.

Il n'en est pas question, je lui ai dit. Ce n'est pas une solution.

Le lendemain, les choses se sont déroulées comme je l'ai raconté à la police. Je m'étais levée tard et j'étais pressée de conduire Stoppard à l'arrêt de son car. J'ai mis le bébé dans les bras de Maman et je lui ai dit que c'était à elle de le déposer chez la nourrice.

Tu as compris? je lui ai demandé.

C'est la dernière fois que je l'ai vue.

J'ai pris le chemin d'Arthur Murray. La voiture de Jack était garée juste devant l'entrée de l'école. Au moment où je descendais du bus, je l'ai vu qui m'observait dans son rétroviseur. J'ai baissé la tête et j'ai essayé de marcher vite, mais il a quitté le volant et il m'a barré la route. Il a dit qu'il fallait qu'on parle, et j'ai dit: Non, je refuse de parler de quoi que ce soit.

J'ai remarqué que monsieur Bonham, le surveillant général, fronçait les sourcils en nous regardant. C'est un homme qui ne plaisante pas avec la discipline.

J'ai dit à Jack qu'il débarrasse le plancher immédiatement. Mais il a dit que non, il ne partirait pas sans moi. Qu'on vienne l'arrêter ici, devant l'école, s'il devait être arrêté.

Il a repris la voiture et nous avons roulé. Je ne crois pas que j'avais le choix.

Nous avons monté la rampe du parking. C'est un endroit où personne n'est là pour vous importuner. Quelques rares voitures étaient garées au dernier étage.

Il a beaucoup parlé. Il a dit que, jusqu'à la veille au soir, il ignorait que madame Green savait pour lui et moi. S'il avait connu les intentions de sa femme, il lui aurait interdit de venir chez nous et de s'adresser à Maman comme elle l'avait fait. Il a dit qu'il en était désolé.

Il voulait savoir jusqu'à quel point Maman était au courant et si elle avait l'intention d'aller à la police.

Je ne crois pas, j'ai dit. Si elle le fait, je leur mentirai.

Non, surtout pas. Ils réussiraient à te faire avouer. Dis-leur la vérité. Ça n'a plus pour moi aucune importance.

Nous sommes sortis de la voiture et, depuis le parapet, nous avons regardé à l'extérieur. Le vent soufflait. J'en avais la respiration coupée.

Je ne veux pas qu'Elizabeth sache. C'est à cause de ça que je m'inquiète. Et pourquoi on ne s'enfuirait pas? il a dit.

Tu parles sérieusement?

Pourquoi pas? On n'a qu'à sauter dans la voiture et démarrer.

J'ai pesé le pour et le contre, je vous l'avouerai. J'ai

pensé à Maman, à Stoppard, à Tyler. J'ai essayé d'imaginer ce que pourrait être la situation.

Non, je ne suis pas d'accord, j'ai dit. Je ne suis tout simplement pas d'accord.

J'ai changé de sujet de conversation. J'ai appuyé les coudes sur la rambarde en ciment et je me suis penchée. D'ici, j'ai dit, on peut voir sur une très longue distance.

Oui, il a dit, ton regard va jusqu'aux extrémités du monde.

Et c'est de ça que nous parlions quand Frank est arrivé et lui a tiré dessus. Les extrémités du monde.

Je n'ai rien d'autre à vous dire. Je regrette, mais je ne sais vraiment pas quoi vous dire d'autre.

Sœur Marie Joseph vous confirmera que je m'adapte très bien à la vie du Centre. Selon elle, j'ai un sens de l'ordre très développé. C'est une disposition à laquelle on peut donner libre cours ici. Le matin, je me consacre à mes occupations routinières. Je me lève avant la cloche et je vais aux toilettes quand il n'y a encore personne. Puis je m'habille. J'ai rangé mes sous-vêtements sur le rayon du haut de mon armoire. Certaines filles les fourrent n'importe comment dans les leurs, mais moi, je les plie soigneusement. Je place ceux que je viens de laver au bas de la pile, et ils montent ainsi peu à peu au cours de la semaine. Quant aux vêtements eux-mêmes, je décide le soir de ce que je porterai le lendemain. Comme ça, pour ce qui est de la partie de la chambre que j'occupe, on évite chaque matin les palabres et les ron-chonnements sur la manière de s'habiller.

Quand je parle de palabres et de ronchonnements, je pense à Beverly Kopinski. C'est elle qui a le lit près de la fenêtre.

Oh, Linda, elle dit, est-ce que je peux emprunter ton cardigan?

Où tu as mis le tien?

Je l'ai taché hier soir avec de la moutarde.

Tu aurais dû le laver tout de suite. Il serait sec à l'heure qu'il est.

Magnifique, Linda! dit Beverly. Pourquoi je ne suis pas parfaite comme toi? Pourquoi je n'ai pas comme toi réponse à tout?

Elle va alors demander son cardigan à Crystal, et bien sûr Crystal va remuer ses vêtements de fond en comble et trouver quelque chose que Beverly pourra porter. Elle est comme ça, Crystal. Parfois je la trouve irritante. Quand j'essaie de la raisonner, elle ne m'écoute pas.

Aucune importance, elle dit, je m'en fiche.

Beverly me dit: Occupe-toi de tes affaires. Tu cherches à garder Crystal pour toi seule.

Veiller sur une personne et la conseiller, ce n'est pas la même chose que de vouloir l'accaparer. C'est ce que j'aimerais expliquer à Beverly, mais je n'ai pas de temps à perdre. Ça demanderait une éternité.

En classe, tout se passe bien pour moi du point de vue de l'organisation matérielle.

Le Centre offre à chacune des filles une trousse

pour y ranger ses fournitures. Certaines laissent traîner leurs affaires n'importe où. Pas moi. Sœur Marie Joseph dit que je suis la seule fille qu'elle ait jamais connue qui se sert de son crayon jusqu'au bout du bout.

Je vais prendre un crayon neuf HB dans le pot que garde le professeur, et je l'utilise jusqu'au moment où sa longueur a tellement diminué que je n'arrive plus à le tenir entre mes doigts.

Je le change alors contre un nouveau crayon neuf. Je n'ai même pas besoin de demander l'autorisation. Le professeur connaît mes habitudes et mon sens des responsabilités. Elle sourit quand elle me voit venir.

Le taille-crayon de la classe se trouve près de la porte. Il a une bonne odeur de bois de cèdre et de plomb. Neuf fois sur dix, c'est moi qui remarque qu'il est rempli d'éclats et qui vais le vider dans la corbeille. Ensuite j'y taille mon crayon neuf. La sensation que j'éprouve alors est si agréable que j'en ai des frissons.

Je déjeune chaque jour en compagnie de Crystal et de Beverly. Elle se demande toujours ce qu'elle va choisir, Beverly. Pour ma part, je m'en tiens au même menu. Un sandwich pain de mie au thon et un sachet de chips nature. Beverly dit qu'elle ne supporterait pas de reprendre tous les jours la même chose, mais la logique est dans mon camp. J'ai décidé une fois pour toutes de ce que je mangerais. Je n'ai donc plus à y réfléchir, ce qui permet d'économiser du temps et de l'énergie. Avant même de quitter ma chambre, je me vois déjà assise au réfectoire, le sandwich de thon à la main.

Nous avons nos trois places attitrées près du pilier du réfectoire, mais l'une d'entre nous a intérêt à arriver en avance. On s'assoit vite et on place un pull ou un livre sur les deux autres chaises.

C'est moi qui ai pris en charge la garde de ces places.

Parfois certaines filles discutent. Tu n'as pas le droit de nous empêcher de nous asseoir là, elles disent.

Bien sûr que j'en ai le droit, je leur réponds. C'est la règle. Première arrivée, première servie.

Je tiens fermement des deux mains les chaises de Beverly et de Crystal. Je ne les lâcherais pas, même si une fille m'envoyait un coup de poing dans l'estomac. Mais elles savent qu'une bagarre n'en vaudrait pas la peine.

Sœur Marie Joseph est à fond de mon côté. Elle dit que je suis en train de sortir de ma coquille. C'est un signe encourageant.

Comme je l'ai déjà dit, je ne sais pas quoi vous raconter d'autre. Je veux rentrer à la maison. Je comprends parfaitement que cette embrouille avec monsieur Green a été une erreur. Je me garderai de recommencer ce genre d'histoire à l'avenir. Je suis prête à travailler dur à l'école, et j'ai conscience des dangers que représente une sexualité sans protection. Je refuserai de toucher à la drogue. S'il y a d'autres préceptes à suivre, veuillez m'indiquer lesquels.

Je sais que Miss Paschonelle souhaite que je poursuive ma thérapie, et je suis d'accord pour continuer à coopérer. Mais je voudrais insister sur une chose. Je ne crois vraiment pas qu'on puisse tirer un profit quelconque à ressasser les tenants et les aboutissants de ma relation avec Jack. Rien de ce qui est dit aujourd'hui ne changera ce qui s'est passé hier. Jack est mort. J'en suis navrée, mais le fait est là. De quoi d'autre pourrait-on bien discuter ? Plus on empile les mots, plus s'éloigne, semble-t-il, le Jack réel. Miss Paschonelle a en tête l'image d'un homme qui ne correspond absolument pas à ce qu'était Jack. Certains matins, en me réveillant, j'ai envie de hurler. J'ai envie de répéter : Nous parlions sur la rampe du parking. Frank est arrivé et il l'a descendu. Puis Frank est parti et il s'est suicidé. Tels sont les faits.

Qu'est-ce qu'il y a d'autre à dire ?